la saga crepúsculo

amanecer

parte I

EL LIBRO OFICIAL DE LA PELÍCULA

MARK COTTA VAZ

ALFAGUARA

ALFAGUARA

Título original: THE TWILIGHT SAGA BREAKING DOWN – PART 1: THE OFFICIAL ILLUSTRATED MOVIE COMPANION

Motion Picture Artwork TM & © 2011, Summit Entertainment, LLC, siempre que no se especifique lo contrario.
D.R. © Del texto: 2011, Little, Brown and Company
D.R. © De todo el libro: 2011, Summit Entertainment, LLC, y Little, Brown and Company
Todos los derechos reservados
© De la traducción: Julio Hermoso
D.R. © De la edición en España: 2011, Santillana Ediciones Generales, S. L.
Torrelaguna, 60. 28043 Madrid
Teléfono: 91 744 90 60
D.R. © De esta edición:
2011, Santillana Ediciones Generales, S.A. de C.V.
Av. Río Mixcoac 274, Col. Acacias
C.P. 03240, México D.F.

Maquetación: Julio Hermoso
Diseño: Georgia Rucker Design
Fotografías: Andrew Cooper, siempre que no se especifique lo contrario.

Primera edición: diciembre de 2011

ISBN: 978-607-11-1442-6

Impreso en México

Todos los derechos reservados. Esta publicación no puede ser reproducida, ni en todo ni en parte, ni registrada en o transmitida por un sistema de recuperación de información, en ninguna forma ni por ningún medio, sea mecánico, fotoquímico, electrónico, magnético, electroóptico, por fotocopia o cualquier otro, sin el permiso previo, por escrito, de la editorial.

A Stephenie Meyer, Bill Condon, Wyck Godfrey y todo el equipo
encargado de llevar la *Saga Crepúsculo* a su conclusión;
y a mi madre, Bettylu Sullivan Vaz, por… bueno, ¡*por todo!*

M.C.V.

Crear la magia del cine es una ardua tarea, en particular si se trata de una producción tan esperada como *Amanecer, primera parte*. Y requiere un gran talento a ambos lados de la cámara. Los siguientes artistas, estrellas cada uno en su campo, tuvieron la amabilidad de comentar su aventura creativa:

BILL CONDON, DIRECTOR

MELISSA ROSENBERG, GUIONISTA

VIRGINIA KATZ, DIRECTORA DE MONTAJE

GUILLERMO NAVARRO, DIRECTOR DE FOTOGRAFÍA

RICHARD SHERMAN, PRODUCTOR ARTÍSTICO

LORIN FLEMMING, DIRECTOR ARTÍSTICO

MICHAEL WILKINSON, DISEÑO DE VESTUARIO

DAVID SCHLESINGER, ESCENOGRAFÍA

JAN BLACKIE-GOODINE, ESCENOGRAFÍA

JOHN BRUNO, SUPERVISOR DE EFECTOS VISUALES

JEAN BLACK, RESPONSABLE DE MAQUILLAJE

RITA PARILLO, AYUDANTE DEL JEFE DE ESTILISMO

PENG ZHANG, COORDINADOR DE COREOGRAFÍA DE COMBATES

SCOTT ATEAH, COORDINADOR DE ESPECIALISTAS

JOHN ROSENGRANT, SUPERVISOR DE ANIMATRÓNICA Y EFECTOS
ESPECIALES DE MAQUILLAJE, LEGACY EFFECTS

TIPPETT STUDIO, EQUIPO *BREAKING DAWN*

PHIL TIPPETT, SUPERVISIÓN DE EFECTOS VISUALES

ERIC LEVEN, SUPERVISIÓN DE EFECTOS VISUALES

KEN KOKKA, PRODUCCIÓN DE EFECTOS VISUALES

NATE FREDENBURG, DIRECCIÓN ARTÍSTICA

TOM GIBBONS, SUPERVISIÓN DE ANIMACIÓN

MIKE CAVANAUGH, EDICIÓN

WYCK GODFREY, PRODUCTOR

BILL BANNERMAN, COPRODUCTOR Y DIRECTOR DE LA UNIDAD AÉREA

Quería tener la experiencia completa antes de que cambiara mi cálido, vulnerable cuerpo dominado por las hormonas, por algo hermoso, fuerte... y desconocido. Deseaba disfrutar de una auténtica luna de miel con Edward, y él había accedido a intentarlo a pesar del peligro que, a su juicio, esto suponía para mí.[1]

Robert Pattinson como Edward Cullen y Kristen Stewart como Bella Cullen, en su luna de miel.

ÍNDICE

INTRODUCCIÓN: CAPÍTULOS FINALES   8

1. UNA ECUACIÓN   14

2. EL PROGRAMA   32

3. EL SUEÑO DE UNA NOCHE DE VERANO   46

4. LUNA DE MIEL   70

5. LICÁNTROPOS   92

6. EL NACIMIENTO   106

7. COMBATE EN EL BOSQUE   118

8. AMANECER   128

INTRODUCCIÓN:
CAPÍTULOS FINALES

Me atreví a mirarlo a hurtadillas una vez más y lo lamenté. Me estaba mirando otra vez con esos ojos negros suyos llenos de repugnancia. Mientras me apartaba de él, cruzó por mi mente una frase: «Si las miradas mataran...».[2]

Un golpe de asombro. Isabella Marie Swan, «Bella», tímida y recién llegada de la aridez de Phoenix, almorzaba en su primer día de instituto en Forks, en el lluvioso estado de Washington. Se descubrió ensimismada ante cinco estudiantes de una «belleza inhumana», sentados a la mesa más apartada de la cafetería. Tenían pinta de modelos aerografiados de la portada de una revista de moda, tanta apariencia de no haber visto el sol como la húmeda región de Olympia, una extraña palidez resaltada por la sombra que envolvía sus ojos, como si acumulasen noches de insomnio. Bella se sintió particularmente atraída por «el chico guapo», cuyos ojos oscuros se toparon de repente con los de ella. Intercambiaron miradas furtivas hasta el final del almuerzo; Bella tenía que ir a clase de Biología II. El destino quiso sentarla junto al chico guapo y sus ojos furiosos en respuesta a sus miradas. Se preguntó qué le pasaría...

Es en esta situación confusa que comienza la apasionada historia de amor de Bella con Edward Cullen en CREPÚSCULO, best-seller y primera novela de Stephenie Meyer, publicada por Alfaguara en español en 2006. Bella se enteraría de que Edward vivía desde 1901 y de que siempre tendría diecisiete años, la edad a la que el doctor Carlisle Cullen lo convirtió en vampiro. El clan de Carlisle incluía a la compañera de este, Esme, y a aquellos otros, blanco de la atónita mirada de Bella aquel primer día en el instituto: Alice y Emmett Cullen, y Rosalie y Jasper Hale. Todos se sumaron a la filosofía de Carlisle de coexistencia con los humanos y del vampirismo «vegetariano» (cazaban solo por la sangre de los animales salvajes). Bella había puesto a prueba la disciplina de Edward, y su hostilidad era una reacción angustiada ante el aroma embriagador de ella, su deseo instintivo de sangre. Edward combatía su monstruo interior, y Bella solo veía la belleza de su alma. Mantendrían la tensión de dos mundos que se alinean: él, en su deseo de preservar la mortalidad de ella, quien no deseaba más que unirse a él en su eterna juventud.

Los lectores sabían que el improbable romance entre Edward y Bella tendría su día del juicio. Tras CREPÚSCULO siguieron dos novelas más. LUNA NUEVA, publicada en septiembre de 2006, nos muestra una separación de la pareja que conduce a Bella a la desesperación y a Edward cerca del suicidio. En ECLIPSE, publicada en septiembre de 2007, la vengativa Victoria lanza un ejército de neófitos sedientos de sangre a matar a Bella, quien sobrevive para ver a Edward ponerle un anillo en el dedo anular de su mano izquierda.

Además de la esperada boda, había otro gran motivo para la expectación ante la nueva entrega: esta era la última. ¿Saldría el matrimonio como estaba planeado? ¿Mantendría Edward su promesa de tranformar a Bella? ¿Y los amigos y la familia de Bella, que nada sabían de aquel mundo oscuro en el que ella se adentraba? ¿Y Jacob Black, el joven quileute que había heredado el arcaico poder tribal de adoptar la forma de un lobo, y su amor no correspondido por Bella? ¿Y los Vulturis, ancestrales caudillos del mundo vampírico, que tenían sus propios designios para Bella? ¿Cómo *acabaría* todo?

¿CÓMO acabaría TODO?

Edward ayuda a Bella a empaquetar sus recuerdos del instituto, y de su vida como ser humano.

«AMANECER se aleja mucho de los primeros tres libros. Se trata de una historia muy adulta, muy madura. Trata de abandonar la casa de tus padres para convertirte en esposa y madre, temáticas de madurez. No hay tanto de amor adolescente y sí más de las complejidades de una relación marital».

MELISSA ROSENBERG, GUIONISTA

Todo se desveló cuando AMANECER salió a la venta en la medianoche del 2 de agosto de 2008. Aquel noviembre se estrenó en los cines la primera entrega de la saga. Aunque los cuatro volúmenes ya estuvieran publicados antes de que se hiciese la película *Crepúsculo*, la gestación de la franquicia ya se inició cuando la editora Megan Tinley, vicepresidenta de Little, Brown Books en literatura juvenil, aún devoraba el manuscrito inicial y un *scout* literario avisó al productor Greg Mooradian del potencial de CREPÚSCULO. Mooradian leyó la primera versión del manuscrito y disfrutó de su «historia de un amor prohibido» que recuerda a *Romeo y Julieta*. «Pensé que esta era la premisa para una gran película: parece la gran idea que nadie nunca había llevado a cabo», recuerda él.³

MTV films (Paramount) se hizo con un derecho de opción sobre CREPÚSCULO dieciocho meses antes de que la novela se publicase, pero el proyecto cayó en ese limbo de la fase de desarrollo conocido en Hollywood como *development hell*, y la Paramount no renovó su derecho. De aquel primer escarceo solo quedaba un guión que, inexplicablemente, había transformado a la tímida y torpe Bella en una estrella de los deportes. «Al final de aquel guión, aquello ya era como *Los ángeles de Charlie* con el FBI y motos de agua», diría Catherine Hardwicke, directora de la fiel adaptación de Summit Entertainment después de que la compañía se hiciese con los derechos en 2006. «Le dije a Summit: "Mira, lo que tienes que conseguir es que sea como el libro", así que volvimos al texto de Stephenie».⁴

Summit, en aquella época una compañía especializada en la distribución internacional y las coproducciones, daba el arriesgado paso para convertirse en un verdadero estudio. El rescate de los derechos de CREPÚSCULO demostró ser una

La casa Cullen se volvió a levantar en un estudio de Louisiana.

de las decisiones con mayor recompensa en la historia de Hollywood: la *Saga Crepúsculo* puso en marcha el estudio y las tres primeras entregas casi alcanzaron los 2,000 millones de dólares en taquilla en todo el mundo.⁵

Era como un *déjà vu* constante: los fans aguardaban cada película con la misma expectación que cada novela. Las películas superaron la dificultad de trasladar el mundo interior de una novela, que transcurre en la imaginación del lector, al medio visual y colectivo del celuloide. Además de la asignación de actores de carne y hueso a los personajes de una ensoñación —un grupo encabezado por Kristen Stewart como Bella, Robert Pattinson como Edward y Taylor Lautner como Jacob—, Summit escogió directores apropiados para la temática de cada libro. Hardwicke aportó la crudeza de la realidad al cuento introductorio de un amor adolescente y el mundo secreto de los vampiros. Al director y guionista Chris Weitz, recién llegado de su fantasía *La brújula dorada*, se le puso al timón de *Luna nueva,* que resaltaba la tensión romántica del deseo de Jacob por Bella, y contaba con puntos narrativos que exigían más de la producción, desde la metamorfosis de los licántropos hasta el rodaje en la Toscana medieval de Montepulciano, sustituto de la sede oculta de los Vulturis en Volterra, Italia. David Slade, director del psico-thriller *Hard Candy* y la vampírica película de terror *30 Days of Night,* era perfecto para la oscuridad de *Eclipse,* con sus neófitos hambrientos y el empeño de Victoria en su venganza.

La pregunta sobre la siguiente película seguía siendo: ¿cómo *acabaría* todo?

Cada adaptación tenía sus dificultades, pero AMANECER era única. Con 821 páginas, se trataba del libro más largo, con una sucesión de eventos clave: la boda de Edward y Bella, y la luna de miel, el arriesgado embarazo de Bella y su expectativa de dar a luz un híbrido de humano y vampiro, el conflicto entre vampiros y licántropos, el implacable juicio de los todopoderosos Vulturis y otros aspectos de la particular mitología vampírica de Meyer.

Con tanto que abarcar, se optó por dividir AMANECER en dos films que se rodarían de manera simultánea. El elegido para dirigir la doble producción fue Bill Condon, director/guionista autor de *Dioses y mónstruos,* un drama de 1998 sobre el director de *Frankenstein,* James Whale (por el cual Condon recibió el Oscar al mejor guión adaptado), y *Dreamgirls,* su adaptación del musical de Broadway en 2006 como guionista y director. Se formó un *dream team* cinematográfico que incluyó a varios colaboradores anteriores de Condon: el productor artístico Richard Sherman, la directora de montaje Virginia Katz y el compositor Carter Burwell. Otros

He aquí algo inquietante: los Vulturis. Christopher Heyerdahl como Marco, Michael Sheen como Aro y Jamie Campbell Bower como Cayo.

Entre familia y amigos, la feliz pareja recibe una calurosa despedida.

miembros relevantes del equipo eran conocidos por su trabajo en films épicos y fantásticos, cargados de efectos especiales, incluido el director de fotografía Guillermo Navarro, que hizo *Hellboy* y su secuela, y *El laberinto del fauno* (por la que le dieron el Oscar); el diseñador de vestuario Michael Wilkinson, que vistió a los espartanos y persas que combatían en *300* y a los superhéroes de *Watchmen;* y el veterano supervisor de efectos especiales John Bruno, que acababa de terminar su trabajo en *Avatar*.

«Queríamos salir pisando fuerte —dice el productor Wyck Godfrey, presente en todas las entregas de la saga—. Queríamos dar un paso al frente con los mejores profesionales disponibles para concluir el proyecto y cerrar la historia de Edward, Bella y Jacob. La primera cuestión era dar con un director en el que todos confiáramos. Ya habíamos perseguido antes a Bill Condon y, mira nada más, esta vez dijo que sí. Tenía una visión muy clara del recorrido de Bella, y un conocimiento profundo de las temáticas de madurez».

«Conforme avanza la saga, la cuota de espectacularidad ha ido en aumento —observa Phil Tippett, cuyo estudio ha creado los licántropos de toda la saga—. Llegados a la conclusión del proyecto, hay una escalada no solo en la espectacularidad, sino también en el fondo: ¡esto se pone al rojo vivo!».

Al contrario de lo que decían las especulaciones aparecidas en los medios, la división de AMANECER en dos films no estuvo tan clara. Ni siquiera la producción de una única cinta tenía la luz verde garantizada. La guionista Melissa Rosenberg, tras participar en toda la saga, había decidido abandonar el barco, y la propia Stephenie Meyer albergaba sus temores creativos respecto del capítulo final.

Antes de proceder con AMANECER, había que resolver cualquier sombra de duda creativa. Si se iba a hacer, había que hacerlo bien.

> «Queríamos salir pisando fuerte».

Una ecuación

«Era fotógrafo cuando pisé un rodaje por primera vez. Vi las dificultades de captar la imagen en movimiento, y cómo resolver aquella ecuación me tenía perplejo. Hay tantos elementos en juego que resulta milagroso resolverla y lograr un buen plano. En aquel primer set me contagié de mi total fascinación por las imágenes en movimiento».

GUILLERMO NAVARRO, DIRECTOR DE FOTOGRAFÍA

Habían sido unos años muy intensos para Melissa Rosenberg, que no solo escribía los guiones de la *Saga Crepúsculo,* sino que también era la guionista principal y productora ejecutiva de la teleserie *Dexter* (un analista de laboratorio que pasa las noches como asesino de criminales). En otoño e invierno de 2009, Rosenberg se halló ante una encrucijada: divisaba la mayor página en blanco posible, la adaptación cinematográfica de aquella cuarta y última novela, AMANECER. «Ya había hecho tres películas de la saga; tenía muy claro que no haría *Amanecer*», decía ella.

Stephenie Meyer atravesaba su propio conflicto creativo. El quid de sus pesares, apuntaba Rosenberg, era un enfrentamiento clave en AMANECER que la autora deseaba ver interpretado sin derramamiento de sangre. Pero a Rosenberg le parecía que lo que en la novela constituía una «conversación intensa», y funcionaba, no tenía el suficiente atractivo visual y dramático en la pantalla. *Amanecer* quedó suspendida hasta que se resolviera la historia, y para ello se reunieron Meyer y Rosenberg a cenar en un restaurante de Vancouver. «Aquel tema decidiría si tanto la una como la otra participaríamos en esto», recuerda Rosenberg.

En el transcurso de la cena, su debate desembocó en una solución creativa que satisfizo a ambas y rompió el compás de espera del film. «Summit estaba decidida a hacer la película, y estoy segura de que habrían conseguido satisfacer a Stephenie sin mí y sin la cena —dice Rosenberg—, pero ella tampoco habría permitido que nadie hiciese

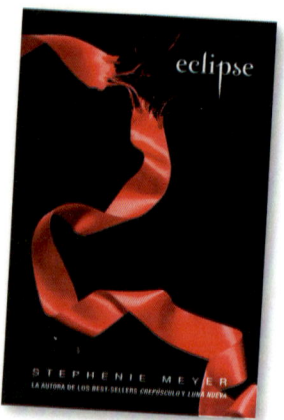

Las cuatro novelas principales de la SAGA CREPÚSCULO *de Stephenie Meyer, publicadas por Ediciones Alfaguara en España y Latinoamérica.*

la película sin la certeza de que aquello se solucionaría, que la adaptación sería fiel a su novela. También me di cuenta de que yo deseaba llegar hasta el final y escribir el *The End*».

«Stephenie tuvo que aceptar una decisión, igual que el resto de nosotros —añade el productor Godfrey—. Una de las primeras conversaciones que mantuvimos fue sobre si ella deseaba que AMANECER se convirtiese en un film, y cómo hacerlo bien, si eso implicaba hacer una película o dos. Lo cierto es que yo tenía mis reparos, Karen [Rosenfelt] tenía los suyos, también Melissa y los demás a lo largo de todo el proceso de desarrollo dudaban acerca de hacer una cinta o dos. La solidez dramática de la película era lo más importante para todos nosotros».

En la etapa de su primer borrador, Rosenberg tuvo enseguida muy claro que un único film supondría sacrificar mucho la historia. «En AMANECER teníamos demasiado material para una película, ¡pero solo el justo para hacer dos! La principal pérdida que habríamos sufrido con una película habría sido el metraje dedicado a la boda y la luna de miel. Nadie quería pasar por eso, era la culminación de varias películas, además de bonito, espléndido y divertido. Una primera parte dejaba también espacio para cierta invención, explorar lo ya sugerido, como el conflicto entre los licántropos y los Cullen. Para mí, una de las cuestiones finales en la decisión fue que hubiéramos tenido que condensar demasiado la segunda parte de la novela para que entrase en una sola película».

> «LA SOLIDEZ DRAMÁTICA DE LA PELÍCULA ERA LO MÁS IMPORTANTE PARA TODOS NOSOTROS».

«Una de mis exigencias para aceptar fue que no escribiría dos guiones mediocres. Si hubiera sido capaz de hacer uno solo y extraordinario, Summit habría apostado por él. Nadie me obligaba a hacer dos, y no sentí presión alguna. Se habían aceptado las condiciones de Stephenie, y ella estaba dispuesta a llegar a un acuerdo, pero [este] dependería de si resultaba lógico hacer una película o dos. De aquellos dos borradores dependían demasiadas cosas».

MELISSA ROSENBERG, GUIONISTA

Stephenie Meyer en el set de Amanecer, *en el papel de invitada a la boda.*

«Bill Condon dijo nada más llegar: "Me he unido tarde a la partida, pero ya he *improntado* este material". Identificó *Amanecer* como un cierre que lanza a Edward y a Bella al matrimonio, la paternidad y a temáticas mucho más maduras que las tres anteriores entregas. Habló de esa transición con una gran elocuencia, y de lo que tendría que hacer Kristen para atacar la situación de estar casada. Ver a Kristen a lo largo de las tres primeras películas y pensar en dónde habría de llegar como actriz en *Amanecer* resultó ser una proposición emocionante para él».

WYCK GODFREY, PRODUCTOR

Escribió primero el borrador de la primera parte, después el de la segunda. Los guiones, en sí, eran un proceso metódico, con idas y venidas constantes de Rosenberg entre la primera y la segunda parte. Las exigencias creativas de escribir dos guiones de manera simultánea forzaron a Rosenberg, para su pesar, a abandonar *Dexter* en octubre de 2009. Rosenberg pasó aquel otoño e invierno «jugueteando con posibles enfoques», y comenzó a poner sus ideas en papel en noviembre. Ese invierno, Summit se lanzó a buscar un director, y cuando Bill Condon accedió, empezó a trabajar con Rosenberg en sus borradores. «Recuerdo que se aprobaron los borradores, y Stephenie los aceptó, en marzo de 2010», dice la guionista.

Rosenberg halló un cierre natural para la primera parte hacia la mitad de la novela, después de que una Bella recién casada, de la noche a la mañana, queda embarazada, pasa por un parto acelerado y dolorosísimo para fallecer, en apariencia, al dar a luz. «Melissa interpretó la historia de un modo tan fantástico que la primera parte te parece cerrada cuando, en realidad, ambas películas son partes de un mismo libro —dice Godfrey—. Una vez Melissa hubo expuesto cómo se dividiría la novela, la decisión fue rápida: ¡vamos por ello! Haríamos ambas partes en un solo periodo de producción. No me parecía lógico retomar la segunda parte un año después. Cuanto más grande es el proyecto, más difícil resulta aunar a todo el mundo necesario para hacer el film. Era más eficiente rodar ambos de forma simultánea».

La respuesta de Meyer (productora en los créditos de la película), de los productores Godfrey y Rosenfelt, y de Condon condujo al primer conflicto crucial de la primera parte.

Bill Condon en el rodaje con Taylor Lautner y Julia Jones.

Inicialmente, Rosenberg quería una importante presencia de los Vulturis —personajes prominentes de la segunda parte—, idea inspirada en una escena del capítulo 27 donde Bella recibe una cajita con incrustaciones preciosas que contenía una gargantilla, un regalo de boda del temido Aro, líder de los Vulturis. «Mi idea era que uno de los Vulturis acompañase la cajita [a Forks], pero ¿cómo le ocultas el embarazo de Bella? No es gran cosa en el libro. Buscaba algo que elevase el peligro mientras está embarazada, pero Bill y los productores opinaban que traer tan pronto a los Vulturis resultaba forzado, que el verdadero conflicto en el libro [para la primera parte] era entre los Cullen y los lobos. Aunque en el libro no llega tan lejos, es una amenaza interesante, e incluía que Jacob dejase la manada para proteger a Bella». El resultado sería una batalla, el clímax de la primera parte: el ataque de los lobos a la casa Cullen para acabar con el bebé de Bella.

En junio de 2010, Rosenberg tenía ambos guiones muy avanzados. Pasó el verano trabajando con el director, a quien en jerga televisiva se refiere como un «equipo de guionistas» individual.

«En mi opinión, Summit eligió muy bien a los directores. La colaboración con cada uno de ellos ha sido genial, pero con Bill me ha resultado más enriquecedora como escritora. Tiene un Oscar como guionista y sabe de lo que habla. En un momento dado, le pregunté a Bill si quería revisarlo, y dijo que no. Él tenía muy claro que yo haría el guión, y me hizo mejor guionista. Se centró en los temas precisos: los personajes y sus arcos, las emocio-

Las víctimas de los Vulturis en el set.

nes de una escena. Nos reuníamos durante horas, y él afinaba cosas, línea por línea del guión.

»En particular, revisamos una y otra vez la batalla con los lobos, y la delicada escena donde Edward le pide a Jacob que convenza a Bella para que no tenga al bebé. Bill lo apartaba todo para concentrarse en la historia ya que un director/guionista sabe que, sin guión, no tienes película».

> «BILL LO APARTABA TODO PARA CONCENTRARSE EN LA HISTORIA YA QUE UN DIRECTOR/GUIONISTA SABE QUE, SIN GUIÓN, NO TIENES PELÍCULA».

Las variables a las que se enfrentaba cada departamento —la suma de factores necesarios para dar vida al último capítulo de la saga— eran tan inmensas como intensas. Para Guillermo Navarro, la ecuación incluía situar cámaras, manipular la luz, componer sets, la acción, y llevarlo todo al film como una imagen. Para el vestuario de Michael Wilkinson, se trataba de cada puntada en cada prenda que llevase todo aquel ante el atento ojo de la cámara de Navarro. Para los efectos especiales de John Bruno, era fundir las imágenes reales y las digitales en un todo sin fisuras. Al final, la propia película era la gran ecuación.

Cuando el diseñador del vestuario se encontró por vez primera con el director, descubrió que a ambos les fascinaba la gran popularidad de las novelas: podían «arrancar» *Amanecer* aprovechando tal fenómeno.

Sarah Clarke como la madre de Bella, Renée, y Kristen Stewart como Bella, comentan una escena con Bill Condon.

«Cuando haces un film tan épico como este, es importante trabajar en la misma dirección que el resto de departamentos. No solo trabajé estrechamente con el director, sino también con el director de fotografía, el productor artístico, utilería, estilismo y maquillaje. Nos reuníamos a menudo y compartíamos imágenes y bocetos de referencia. Nos asegurábamos de comentar todo en detalle antes del primer día de rodaje. Intento no dejarme superar por la inmensidad del proyecto, por el efecto combinado de los distintos departamentos que se dirigen hacia lo que finalmente ves en un fotograma en la pantalla».

MICHAEL WILKINSON, DISEÑADOR DE VESTUARIO

Bella vistió un traje de novia distinto en la secuencia de un sueño.

«Queríamos hacer algo nuevo en la saga —cuenta Wilkinson—. Bill Condon y yo pensamos que tendría más fuerza el hecho de que se creyera que los personajes podrían aparecer a la vuelta de la esquina, y que aun así mantuvieran sus increíbles características de vampiros o de sus metamorfosis. Analizamos las anteriores entregas con respeto y en profundidad; al tiempo queríamos contar nuestra historia con fuerza y con gancho. Nuestro enfoque fue el de observar el porqué de una conexión tan fuerte con el público. La motivación era lograr que los personajes saltaran de la pantalla e hicieran justicia a esa energía que los libros crearon por todo el mundo».

El verdadero corazón de la saga reside en la dinámica emocional y romántica del famoso triángulo que forman Bella, Edward y Jacob. Uno de los atractivos del proyecto para Bill Condon era guiar a Kristen Stewart a través del recorrido emocional de Bella. «*Amanecer* casa muy bien con la primera película porque se trata del cierre de la historia personal de Bella, sin la intrusión de fuerzas externas o de la amenaza de alguien como los Vulturis —explica Condon—. [La segunda parte de *Amanecer*] cuenta con una cantidad de vampiros de proporciones épicas, de todo el mundo y todas las épocas, que se encuentran para una gran batalla, pero la primera parte trata de Bella, de su boda, su embarazo y del parto de su hija».

«ANALIZAMOS LAS ANTERIORES ENTREGAS CON RESPETO Y EN PROFUNDIDAD; AL TIEMPO QUERÍAMOS CONTAR NUESTRA HISTORIA CON FUERZA Y CON GANCHO».

«He sido fan de Kristen ya desde la primera película de la *Saga Crepúsculo,* y en las otras cosas que ha hecho. Bella sufre muchos cambios, tiene un arco increíble en estas dos películas, y serle de ayuda a Kristen en este viaje ha sido muy emocionante. Es una gran actriz».

BILL CONDON, DIRECTOR

Bill Condon en el set con Kristen Stewart y Robert Pattinson, ensayando algunas de las escenas clave que tienen juntos.

Taylor Lautner como Jacob Black. «Para mí, como actor, fue increíble intentar dar vida al Jacob anterior, y ahora, a su nuevo yo, maduro», dice Lautner.

Tal y como apuntan muchos en el equipo, *Amanecer* suponía un cambio temático, con Edward y Bella ante sus nuevas responsabilidades como esposos. Jacob descubre que es un líder nato, un macho alfa de la manada de los lobos quileute. Y a pesar del dolor del rechazo, se une a Edward para estar junto a Bella cuando el embarazo amenaza su vida. En ese duro trago, algo similar a la amistad —o quizá respeto mutuo— surge entre los dos rivales.

«En ambas partes de *Amanecer,* Edward, igual que Bella, sufre su propia transformación visual —dice Wilkinson—. Atraviesa el proceso de transformarse en adulto y asumir responsabilidades de adulto al convertirse en marido y aprender sobre ello. Al finalizar la segunda parte, se volverá más maduro y se conocerá mejor, algo extraño si se dice de alguien que lleva en el planeta más de un siglo. Deseábamos que evolucionase visualmente, mostrar una madurez creciente a lo largo de los dos films. Al tiempo que Edward madura, Jacob comienza a tomar sus propias decisiones, así que queríamos verlo vestido de un modo más adulto, menos jeans cortos y más camisas de franela».

Wilkinson comenzó a trabajar en *Amanecer* en junio de 2010 en Los Ángeles, donde «compró armarios» iniciales para Stewart, Pattinson, Lautner y el resto de los actores de la

familia Cullen. Los percheros llenos «iniciarían un debate» y explorarían los potenciales conjuntos, hasta los colores y texturas. Solo el personaje de Bella contaba con más de 60 conjuntos para ambas películas, y el armario de Edward no le iba a la zaga según las estimaciones de Wilkinson.

«Creo que la principal razón de que me guste lo que hago es que me fascina la gente —confiesa Wilkinson—. Pienso que un diseñador de vestuario es alguien a quien le atrae explorar la psicología de la gente y descubrir lo que les va. Lo que hacemos es dar pistas visuales sobre los personajes a través de la ropa que visten, ayudar a contar la historia y apoyar la temática. Empiezo por asimilar el guión. Investigo y comento las escenas con el director, aportando el apoyo de imágenes relativas a la conversación. Entonces comienzo con las pruebas con un actor para explorar un personaje.

Las herramientas que usamos serán las "siluetas", la forma general del vestuario, y los colores y texturas que ayuden a describir el personaje. Luego propongo el vestuario final y, o bien confeccionamos desde cero, o bien compramos o alquilamos prendas para modificarlas».

Los departamentos de estilismo y maquillaje son parte integral del *look* de los actores. La sola tarea del peinado era tan enorme con dos películas simultáneas, que la estilista Rita Parillo se convirtió en coordinadora para lograr que los actores principales llegasen a tiempo ante la cámara. «El departamento de estilismo trabaja con el director,

Página opuesta, desde la izquierda: Robert Pattinson como Edward; Kristen Stewart como Bella, se prueba los zapatos de novia con Alice, interpretada por Ashley Greene. Abajo: Jackson Rathbone como Jasper Hale con Greene como Alice Cullen. Derecha: Kiowa Gordon como Embry Call.

con vestuario, maquillaje y con los actores para crear el *look* de cada personaje —dice Parillo—. Una vez hablado todo, y solo para el reparto principal, teníamos decididas más de cuarenta pelucas y postizos. Cuando se inició el trabajo con los especialistas de la segunda unidad, tuvimos que añadir otro equipo al completo, en algunas jornadas con veinte estilistas y setenta y cinco postizos. Tuvimos que crear un "equipo de limpieza de pelucas" al mando de Monty Schuth para que ayudase a modo de segundo turno a la hora de limpiar, recolocar y preparar las pelucas y postizos y dejarlos listos para el día siguiente».

«Cuando me contrataron, el director quería un aspecto diferente para los vampiros, más natural y orgánico —dice Jean Black, responsable de maquillaje—. Los vampiros [de la saga] son únicos, porque se mueven entre los humanos y se adaptan a las últimas modas culturales, por eso rebajamos un poco las cosas hasta un *look* más natural. Darle palidez a la gente fue más difícil, en realidad, de lo que pensaba, en especial a los hombres. En esencia, creas una paleta con un poco de forma o de contorno. Puede quedar exagerado con facilidad, así que todo lo que hicimos fue buscar un *look* relativamente nuevo al tiempo que usábamos menos maquillaje y manteníamos la integridad de lo hecho antes. Utilizamos un maquillaje siliconado, en realidad un *spray*, que descubrimos que era más fácil de aplicar con una brocha o esponja. Lograba el aire marmóreo, uniforme, que deseaba el director, y también se mantenía muy bien ante elementos difíciles como la lluvia».

«REBAJAMOS UN POCO LAS COSAS, HASTA UN *look* MÁS NATURAL».

La ambientación del film también se inició en Los Ángeles, con los novedosos bocetos del productor artístico Richard Sherman y el director artístico Lorin Flemming para la parte de atrás de la casa Cullen y el estudio de Carlisle. «El productor artístico es el responsable de la traslación visual literal del guion, ya sea levantando sets o encontrando localizaciones —explica Sherman—. Trabajo en el sentido de lo que busca el director, lo que busca la historia y lo que busco yo. Y trabajo con muchos departamentos, pero los dos principales son el artístico, que hace las veces de estudio de arquitectura a la hora de levantar los sets, y el de escenografía, los "decoradores de interiores" del set».

La tecnología digital ha dotado a los cineastas de una mayor gama de herramientas. Así, el departamento artístico no solo hizo maquetas de los sets, sino también modelos 3-D que permitían recorridos virtuales. Su trabajo define el aspecto de un set y lo necesario para crearlo teniendo en cuenta las necesidades de los demás departamentos, desde la fotografía hasta los exteriores. «Canalizo el sentido artístico y estilístico de Richard hacia un plan preciso que permita construirlo —dice Flemming—. Me aseguro de contar con todos los parámetros y detalles para que se construya. Los modelos ayudan a imaginar la disposición y el espacio, y cómo se construirá. También intento darles un aire que evoque lo que van a albergar».

El responsable de los decorados, David Schlesinger, un artista residente en la costa oeste,

admite que la *Saga Crepúsculo* fue un mundo nuevo para él. Lo más que se había aproximado hasta entonces fue cuando se topó con las enormes colas para el estreno de *Eclipse* en un cine de Union Square, en Manhattan. «Quedé sorprendido. "¿Qué es *esto*? ¿De qué va?". Ahora formo parte de ello, sin duda. Sentíamos una verdadera responsabilidad: no decepcionar a los fans, en especial con la boda. Nos lo tomamos muy en serio.

»Como escenógrafo, recibo un lienzo en blanco —añade Schlesinger—. Entre el techo y el suelo, soy el responsable de todo, desde el mobiliario a los clips sobre la mesa, todo elemento que haga del set un espacio real. Ponemos un gran esfuerzo en dar con ese *nosequé* perfecto para el set. Decorar consiste en tomar decisiones, y todo son decisiones. Este proyecto es único en su fantasía. La casa de los Cullen, en especial, nos supuso muchos quebraderos de cabeza. Uno de los trucos que utilizamos con regularidad es dejar en segundo plano una bebida, un café, o comida en la cocina, pero esta gente no come, tiene hábitos diferentes. Era un recordatorio constante».

«Sentíamos una verdadera responsabilidad: no decepcionar a los fans, en especial con la boda».

El hogar de los Cullen es el escenario principal de Amanecer *primera parte. Producción buscó equipamiento médico para decorar el set del estudio de Carlisle Cullen.*

Guillermo Navarro había evitado las secuelas hasta que trabajó con el director Guillermo del Toro en la saga *Hellboy,* basada en los cómics fantásticos de Mike Mignola. Crepúsculo, sin embargo, ya contaba con tres películas, tres directores distintos y dos directores de fotografía. «Se me hizo una proposición muy interesante —recuerda Navarro—. ¿Cómo recibo yo este plato, retocado y cocinado de maneras tan distintas? Lo ponía en cuestión, pero, una vez hube conocido a Bill Condon, supe que sería posible una colaboración muy intensa. En *Amanecer* se produce un cambio muy dramático; todo en la saga había ido evolucionando camino de esto, y se presentaba la ocasión de darle el empujón definitivo. Hicimos pruebas con el productor artístico, el diseñador de vestuario, etcétera; participaron todos los aspectos que habían de funcionar en conjunto. El objetivo era llevar a cabo una presentación visual con mucha fuerza».

El interés de Navarro por la imagen parte de cuando tenía trece años y se inició en la fotografía, procesando sus fotos en el cuarto oscuro que se había montado en un armario de su hogar mexicano. Autodidacta, se ganó la vida haciendo de todo desde el fotoperiodismo hasta la fotografía de moda antes de pasar a captar imágenes *que se movían.* «Luz, encuadre y todo lo demás han de encajar por un instante, allá donde piensas o capturas todo lo que tiende hacia la mejor imagen. Hay demasiadas opciones, y más oportunidades de equivocarte que de hacerlo bien. La ecuación que lo resuelve todo incluye cómo incide la luz desde distintas perspectivas de la lente, la composición de las partes móviles, el enfoque. Intervienen demasiados elementos; es un milagro cuando consigues una buena toma. Para mí ya es algo automático, puedo ver la toma y cuáles son las piezas necesarias para componerla».

Las herramientas del cineasta —iluminación, raíles y grúas, cámaras que van desde las de mano hasta voluminosas Steadicams con aspecto de aparejos que bien podría usar Iron Man— todo ha de trabajar al servicio de la historia. «Yo no vengo a hacer imágenes bellas en sí mismas —afirma Navarro—. Un objetivo principal es no solo crear las imágenes, sino intentar hallar el lenguaje visual que necesita la película. Y este lenguaje posee su propia gramática y sus propias reglas, dónde y por qué se mueve la cámara,

«Me considero un cuentacuentos con imágenes. Hay una gran diferencia entre capturar una imagen conforme pasa por delante y crear una realidad a través de la lente. El cine te permite crear una realidad paralela que no pertenece a tu vida cotidiana, y hacerlo desde cero me resulta atractivo. Para eso, has de dominar por completo tu área y el ejercicio del lenguaje cinematográfico».

GUILLERMO NAVARRO, DIRECTOR DE FOTOGRAFÍA

Richard Sherman con Bill Condon.

mantener la correcta relación de los actores en términos narrativos, crear la atmósfera, el aire de la historia».

«En cuanto a la estética de la primera parte, quería hacer un género realmente denostado, el melodrama romántico —explica Condon—. Por ejemplo, hay un uso muy específico del color para trazar los estados emocionales de Bella, mientras que el trabajo de la cámara es, diríamos, envolvente. También, y al contrario que en los demás libros, narrados desde la perspectiva de Bella, una porción de AMANECER se cuenta desde el punto de vista de Jacob, por eso queríamos adentrarnos en cómo es ser un lobo con una manada. Queríamos meternos en ambos personajes, ver sus historias de dentro a fuera. Por ejemplo, cuando Bella se da cuenta de que está embarazada, la cámara parte de detrás de ella, que baja la mirada lenta hacia su vientre y lo palpa; la cámara gira a su alrededor y ella se mira en el espejo, por vez primera, como madre. Estás en su cabeza».

Todos los elementos dispares de *Amanecer* encajarían en la sala de montaje de Virginia Katz, una de las colaboradoras habituales de Condon. Aunque su padre, Sidney Katz, fue montador (su

Bella se da cuenta de que hay algo distinto.

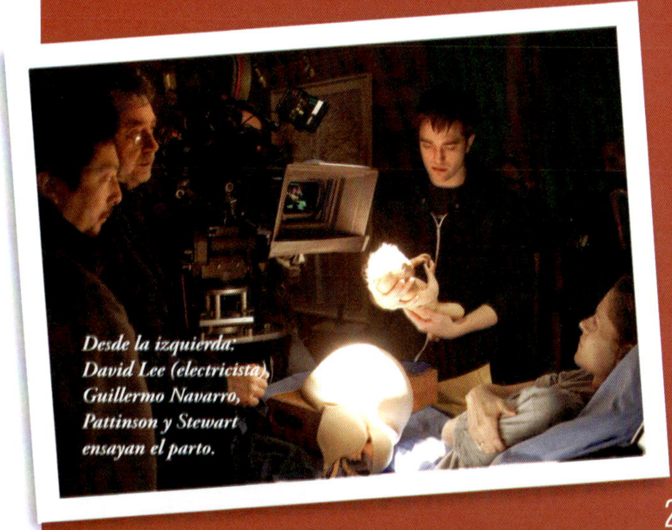

Desde la izquierda: David Lee (electricista), Guillermo Navarro, Pattinson y Stewart ensayan el parto.

Robert Pattinson como Edward.

trabajo incluye el drama de 1970 *Diario de una esposa desesperada*), ella no tenía el deseo expreso de tomar su relevo. «Nunca pensé que querría dedicarme al montaje, ni siquiera sabía qué tipo de trabajo era. Un verano, mis padres decidieron que no iría a la playa con mis amigos. Papá tenía su propia compañía y estaba muy ocupado supervisando varias películas, así que le ayudé. Dos semanas después, mi padre empezó a pasarme escenas para que las cortara. Entré pensando que sería un trabajo de verano. Nunca lo dejé».

Katz sería testigo de la transición de su oficio desde el medio fotomecánico del celuloide a la era digital, donde la película se transfiere en dicho formato a un sistema tan «no lineal» de edición como el Avid. El último trabajo que montó con película fue *Candyman 2: Adiós a la carne,* un film de Condon de 1995. «Me encantaba el celuloide, pero más y más compañías se estaban pasando a los sistemas Avid, y yo también lo hice. Había tanto metraje en *Candyman,* que me di cuenta de los beneficios de la edición digital. No tendría que esperar a que me entregasen cada corte, ni preocuparme por el deterioro del negativo, o de mis dedos, para el caso. Me adapté al Avid y no he mirado atrás.

»El trabajo de un editor es contar la historia de la forma más clara posible —cuenta Katz—. El film tiene una cadencia y un ritmo. Mi trabajo es dar con el compás de cada escena. Lo inusual de *Amanecer* fue que rodamos dos películas al tiempo, y eso significaba montarlas al tiempo. Pero el trabajo con Bill Condon es el sueño de un montador. Es generoso, te apoya, siempre abierto a ideas nuevas. Hemos trabajado juntos muchos años, y hay confianza mutua, clave para obtener un resultado que nos guste a los dos. Mientras él rodaba, yo reunía el metraje y le pasaba escenas montadas durante la toma, así sabía lo que tenía. Llegado el momento de sentarnos juntos en la sala de montaje [en postproducción], él conocía el metraje tan bien como yo. Mis ayudantes hicieron un gran trabajo a la hora de mantener el orden de continuidad y de darme material de manera ininterrumpida. No solo se trataba de rodaje real, sino que había muchos efectos visuales que tener en consideración».

Tras el director, uno de los primeros contratados fue el supervisor de efectos visuales John Bruno, que llevaba un año sin salir de los estudios de croma de Nueva Zelanda a causa de *Avatar*. Tras un encargo tan monumental, Bruno se moría por un poco de «calma», pero accedió a comentar *Amanecer* en un desayuno con Godfrey y Condon. Reconocido practicante del «más difícil todavía», Bruno pensaba que el universo de la *Saga Crepúsculo* descansaba sobre los efectos visuales, del ocasional brillo de los vampiros a los lobos digitales. Así que, a pesar de todo, leyó el guión de la primera parte y, en la escena del embarazo de Bella en el tercer acto, halló la oportunidad de practicar su «más difícil todavía». Como supervisor de efectos en *X-Men: La decisión final* (2006), Bruno había trabajado con Lola Visual Effects, cuyo sistema de «injertos de piel digital» había aligerado veinte años los rostros de los actores Ian McKellen y Patrick Stewart, y ahora él quería hacer algo similar con el embarazo de Bella, junto con cierto maquillaje «a la antigua usanza» y algunos efectos mecánicos.[6]

«En lo que a Bella se refiere, conoces a tu príncipe azul, disfrutas de esa romántica boda real, te vas a una luna de miel espectacular en una isla, quedas embarazada… ¡y te mueres! —se asombra Bruno—. Acepté. Me contrataron antes que al director de fotografía o al productor artístico. Lo primero que hice fue recopilar opiniones sobre el guión para Bill y comenzar con *storyboards* y previsualizaciones. Mi departamento trabaja mucho con otros, disfruto colaborando con el departamento artístico, y considero a Richard Sherman entre los mejores. También trabajo muy de cerca con el director de fotografía, y tuvimos a uno fantástico en Guillermo Navarro». Con la seguridad de que Tippett Studio tenía los lobos bajo control, Bruno traería consigo a John Rosengrant, de Legacy Effects, para crear el equipamiento de maquillaje especial y las prótesis para el deterioro físico de Bella, y Lola Visual Effects llevaría su aspecto demacrado hasta el límite. Planificaron el declive físico de Bella con una previsualización, una versión digital en baja resolución de una escena posible.

Bruno era también el recurso perfecto para un director poco familiarizado en líneas generales con un mundo tan poco intuitivo como el de los efectos visuales. «Tengo que introducir a Bill en mi mundo a trancas y barrancas —comenta Bruno entre risas—. Está muy centrado en los personajes, es un escritor y un narrador increíble. Pero las tomas de Kristen adelgazando elevaron el listón en términos narrativos. Teníamos muchísimas tomas con efectos. *Eclipse* contó con unas doscientas cincuenta; en *Amanecer,* y solo en la primera parte, tuvimos de setecientas cincuenta a novecientas».

Como corresponde a la mayor novela de la saga, *Amanecer* es la mayor producción de la franquicia. Como dice Scott Ateah, coordinador de especialistas, «una superproducción es como una bola de nieve cuesta abajo, no deja de crecer y crecer».

John Bruno, supervisor de efectos visuales.

El programa

Exterior de la casa de los Cullen.

«Me mantuve al margen una temporada, mientras se daba vueltas a si hacer una o dos películas. Cuando todo se asentó, entonces pude avanzar y diseñar un programa conforme al plan general aprobado por todos. El programa tenía en cuenta la dinámica de dos películas y las variables por definir, si rodaríamos de manera independiente o por bloques en una localización. El núcleo del equipo me aclaró las cosas y diseñé un programa válido».

BILL BANNERMAN, COPRODUCTOR Y DIRECTOR DE LA UNIDAD AÉREA

Rodar dos films al tiempo suponía una producción internacional con un equipo cercano a las dos mil personas entre todas las unidades, según las estimaciones de Bill Bannerman, responsable de «aunar esfuerzos», como él lo llama, función que ha desempeñado desde *Luna nueva*. El término acuñado por Bannerman para la temible tarea de encajar las piezas fue «el programa».

El proyecto, aun a la espera de la decisión sobre si se haría una o dos películas, seguía teniendo varios puntos clave a los que enfrentarse en el camino: sabían que contaban con el tiempo justo, que probablemente rodarían en el extranjero, y que su base de operaciones cambiaría de Vancouver, la base principal de la producción desde *Luna nueva,* a Louisiana. «La decisión de ir a Louisiana se basó únicamente en motivos económicos: Louisiana cuenta con un sistema increíble de devolución de impuestos —explica Godfrey—. Se han rodado allí muchas películas en los últimos cinco años, y ya había un buen equipo donde escoger, y

Billy Burke con Stewart, como padre e hija.

«Este proyecto me recordaba cómo debía de haber sido rodar *Lo que el viento se llevó*. Siempre tienes presente el drama ante ti, pero también está el hecho de que quieres satisfacer las expectativas de quienes han leído los libros. Kristen asumió eso con especial seriedad, casi se torturaba, quería ser el vehículo de las muchas emociones de su personaje. Kristen es muy independiente, pero aun así, era mi deber servirle de ayuda a ella y a los demás actores como su primer público, una primera opinión, y promover todo cuanto pudiesen aportar a sus personajes».

BILL CONDON, DIRECTOR

Los sets de la suite nupcial, la habitación de Alice y el castillo de los Vulturis.

también nos podríamos retirar de Atlanta: es como el sur de Hollywood».

El programa de Bill Bannerman incluía un periodo de preparación para tomar las decisiones creativas antes del inicio del rodaje principal en noviembre de 2010. «Normalmente cuentas con veinte semanas de preparación, pero solo teníamos de catorce a quince, y un montón de cuestiones por resolver —apunta Bannerman—. Teníamos que solucionar la dinámica necesaria para marcar las claves dramáticas».

El programa para rodar dos films al tiempo incluía un «rodaje por bloques», según el cual, las escenas de ambas películas que se desarrollaran en las mismas localizaciones se rodarían consecutivas por amor a la eficiencia. «Recuerdo que, en el espacio de un par de días, Kristen pasó de una Bella recién casada a una Bella embarazada y después vampiro, con enormes y constantes cambios de maquillaje —cuenta Condon—. Lo que me ayudó fue que uní los dos guiones en mi iPad, así que fue como si hiciéramos un guión enorme, de doscientas páginas. Eso también centraba la idea de que ambas películas estaban conectadas».

Con las fechas de estreno en mente, se preparó un calendario de rodaje de cien días, cincuenta para cada película. El programa para rodar los interiores en estudio lo marcaba aquello que llevaría más tiempo construir y requeriría el mayor tiempo de rodaje: la casa de los Cullen. «Entre ambas películas, casi tres cuartos de las escenas tenían lugar en la casa de los Cullen o sus alrededores», apunta Flemming, director artís-

«La casa de los Cullen es un símbolo en la saga. Sin el conocimiento de los fans, hicimos que el set de la casa de *Eclipse* atravesase el país desde Vancouver. Es posible que muchos vieran pasar aquellos semitráilers que guardaban la casa de los Cullen, camino de su reconstrucción en Baton Rouge».

BILL BANNERMAN, COPRODUCTOR Y DIRECTOR DE LA UNIDAD AÉREA

tico. Lo que Bannerman llamaba el «programa interior… la multitud de ecuaciones» para rodar en interiores giraba en torno a la casa Cullen construida para *Eclipse*. Aquel set había sido diseñado para ser desmontado, almacenado y vuelto a montar para la siguiente película.

Otros sets más pequeños se construyeron antes de empezar con la casa de los Cullen, como el interior de la casa de Bella, la casa de la luna de miel, la habitación de Alice (donde Bella se prepara para la boda), y la cámara de los Vulturis. Estos y otros sets se levantaron en una nave industrial en Port Allen, un pueblo que está cruzando el Mississippi desde Baton Rouge. El propietario se resistía a alquilarlo: un rodaje anterior lo había «quemado» según Bannerman, o sea, que lo había destrozado. Tras convencer al propietario de que el equipo de la *Saga Crepúsculo* sería muy profesional y respetuoso con el lugar, se inició la preparación del rodaje. «Convertimos aquella nave en un estudio a lo pobre —dice Bannerman—. Cuando te metes en una nave vacía [no preparada para rodar] se pone manga por hombro porque tienes que montar el sistema de iluminación superior y meter el equipamiento. Dos semanas más tarde pasó el propietario y se quedó asombrado ante lo limpio que estaba; comprobó nuestra total profesionalidad. Cuando nos fuimos, nadie diría que hubiésemos estado allí».

El problema con la casa Cullen de *Eclipse*, observa Bannerman, era que el gigantesco set de dos de las tres supuestas plantas de la casa superaba los límites de altura en el noventa por ciento del estudio y del espacio de la nave en Louisiana. Había un estudio suficientemente grande en el nuevo Celtic Media Centre de Baton Rouge, pero ya estaba ocupado por *Battleship*, otra superproducción. El estudio que se buscaba también había de estar cerca de árboles caducifolios, sustitutos de un bosque autóctono del noroeste del Pacífico para una escena crucial de la segunda parte.

Bannerman se centró en las tres grandes ciudades del estado: Nueva Orleans, Baton Rouge y Shreveport. Los localizadores a veces encontraban un bosque, pero sin espacio cercano para un set. Nueva Orleans, la *Big Easy*, ofrecía un bosque al norte del lago Pontchartrain, pero la producción no se podía arriesgar a sufrir cortes en las vías de los diques a la salida de la ciudad.

Hubo suerte entonces. Por obra de una sincronización casual, el Celtic Media Centre estaba terminando otro gran estudio en sus instalaciones de Baton Rouge, y era perfecto para la casa de los Cullen. El estudio quedó terminado y disponible para septiembre de 2010, y dos semanas más tarde, el equipo estaba preparando el set, trasladado desde Vancouver.

> «LA CASA CULLEN ES UNA LOCURA. CREO QUE HEMOS MONTADO YA ESE SET DE TANTAS FORMAS DISTINTAS COMO ES POSIBLE HACERLO.»

Bannerman recuerda que hicieron falta seis camiones de doce metros para traerlo, desde paredes y suelos hasta los revestimientos exteriores de cedro, puertas, ventanas y raíles.

La casa descrita en la novela se halla en la profundidad de un bosque primigenio, tiene tres plantas y es centenaria. La primera película, sin embargo, presentaba una moderna estructura de cristal y suelos de gres, una casa real de Portland propiedad de un ejecutivo de Nike. El público no vio mucho del exterior entonces, la casa estaba en una ladera y no rodeada de bosque. No obstante, la imagen de aquella casa marcó el estilo para los siguientes rodajes.

La casa Cullen sí aparecía mucho en *Eclipse*, en especial como escenario de la fiesta de graduación del instituto Forks High. Wyck Godfrey se imaginaba un set de exteriores, pero el productor artístico Paul Austerberry propuso recrear la casa de Portland en un set interior. Tras hacerse con la información, fotografías necesarias, y con los permisos de los arquitectos de la casa, dos de

Bella descansa en el salón de los Cullen, en el set interior de dos plantas.

Edward observa desde el interior de la casa de los Cullen…

«Stephenie es genial. Mi agradecimiento es enorme. Fue ella quien creó estos personajes, y ha sido increíble contar con ella en los rodajes para cualquier pregunta que tuvieras, cualquier cosa… Y hay que decirlo, esta ha sido la película más difícil y enrevesada. Es fantástico poder acercarte a ella en cualquier momento y preguntarle… La verdad es que es un poco bromista, muy divertida, me lo he pasado en grande con ella. Y creo que

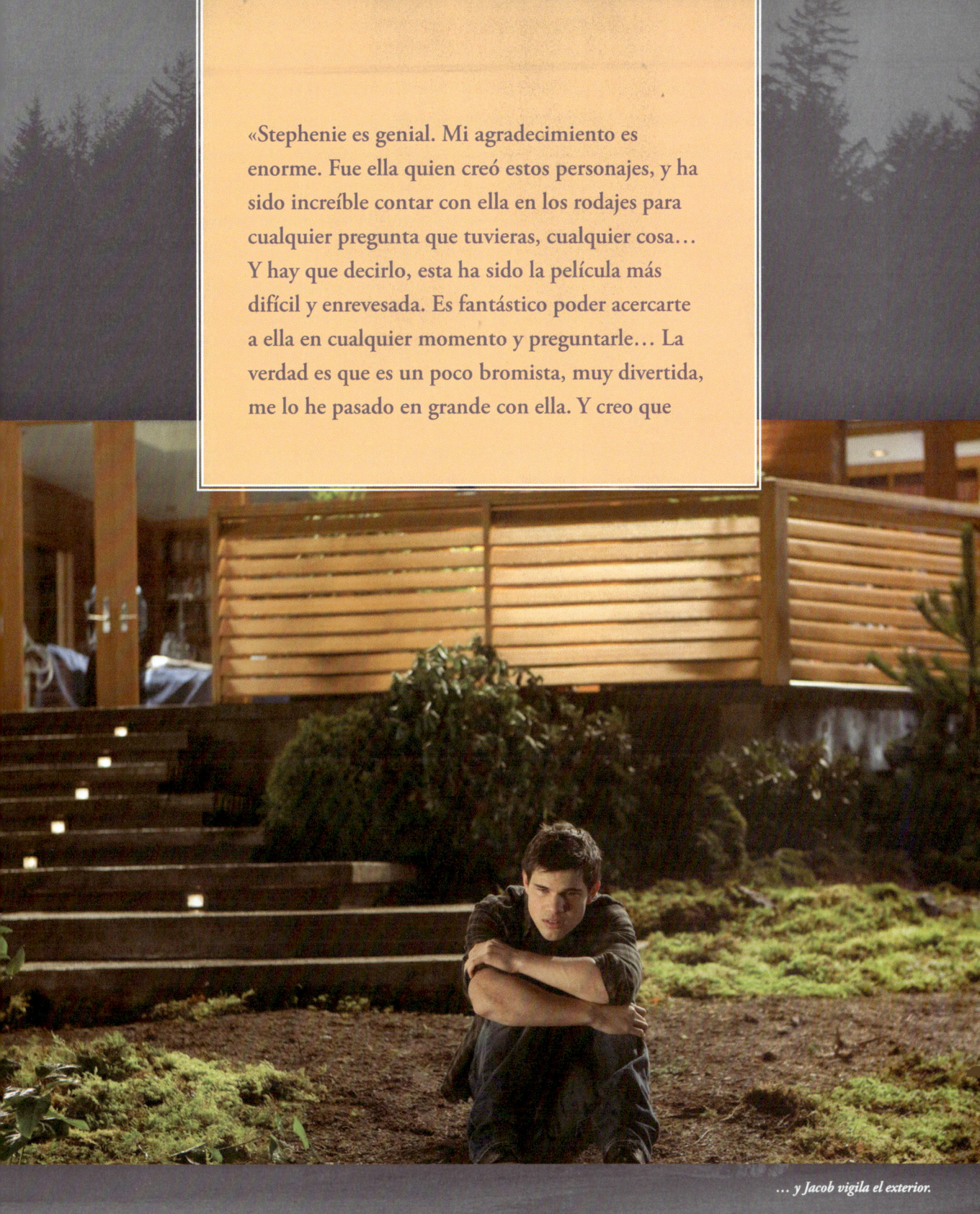

… y Jacob vigila el exterior.

las tres plantas se levantaron en un estudio de 1.850 metros cuadrados de Vancouver, completas, con sus interiores, la entrada, y un bosque y vegetación alrededor que proporcionó el departamento de jardinería.[7] En *Eclipse,* la casa Cullen se utilizaba de forma exclusiva en escenas nocturnas, pero había de ser más versátil para *Amanecer,* que requería escenas diurnas en la boda y la celebración, que se haría en el jardín de los Cullen. «De noche cuentas con algo más de flexibilidad para "disfrazar" ciertos sets, pero el sol puede hacer que se vea la verdad del set», observa Bannerman.

La casa de los Cullen de *Amanecer* se construiría dos veces: una como el set de interiores de *Eclipse* en el estudio de Baton Rouge, y la otra como una casa nueva de dos plantas levantada en un bosque a una hora y media de Vancouver. «La casa Cullen es una locura. Creo que hemos montado ya ese set de tantas formas distintas como es posible hacerlo —dice Godfrey—. Lo divertido es que cada director ha podido aportar un elemento nuevo a la casa, seguir añadiendo cosas. En *Amanecer* vemos la habitación de Alice y el exterior completo de la parte de atrás. En resumen, en la casa de los Cullen están siempre metidos en reformas».

El set de exteriores, apenas a media hora de coche de Squamish, tenía un río, y se cumplía del todo con la visión de Meyer en las novelas (un vistazo del río en *Eclipse,* un efecto en el estudio, tenía a algunos fans pidiendo a gritos ver más). Godfrey recuerda estar con el equipo de localización de exteriores a las afueras de Squamish e intentar imaginarse una casa enorme allí, con una boda de campanillas. El grupo incluía a Condon, Bannerman, Sherman, el responsable de localizaciones Abraham Fraser, el supervisor artístico Jeremy Stanbridge y el coordinador de construcción Doug Hardwick. Sobre la marcha decidieron no dividir el rodaje entre la boda diurna en exteriores y la celebración nocturna en un estudio de Vancouver. «Estábamos allí, en el bosque, y sabíamos que nos marcharíamos y no volveríamos en seis meses, así que había que decidir —añade Godfrey—. Y todos dijimos que sí, que lo haríamos. Decidimos no separarlo así, sino que haríamos fuera la celebración de la boda».

«En esta película teníamos que rodar la boda en el jardín de la casa de los Cullen, con el río de fondo. Teníamos que hacerlo todo porque estaríamos rodando allí dos meses. En última instancia, necesitábamos un lugar real, unos exteriores que encajasen con lo establecido para los alrededores de la casa, un lugar bucólico con el río de fondo. Por eso levantamos la casa en Canadá para rodar los exteriores y usamos un croma gigante en el estudio para las escenas interiores».

BILL CONDON, DIRECTOR

> «Resulta raro, sin duda, teniendo en cuenta que, a lo largo de la película, su aspecto no deja de ir a peor, y a peor y a peor. Era realmente conmovedor verla tan hecha polvo y demacrada. Muy inquietante, incluso en el set».
>
> ROBERT PATTINSON, ACTOR

Rosalie (Nikki Reed, centro) aparece como uno de los mejores aliados de Bella en su embarazo.

La casa en exteriores permitiría los primeros planos aéreos del hogar de los Cullen, el río y el bosque. Se incluiría una vista de la parte de atrás, el estudio de Carlisle en la planta baja y la habitación de Alice en la tercera. El tercer piso también se vería, pero como un gráfico digital generado por el departamento de John Bruno».

La magia del cine casaría dos sets separados por miles de kilómetros. El set de *Eclipse* en Baton Rouge estaba rodeado de cromas que se reemplazarían digitalmente con placas rodadas en el bosque de Squamish (*placas,* término heredado de los tiempos en que la fotografía usaba negativos en láminas de cristal, se refiere a los fondos rodados para un plano compuesto). «Hay tantos planos en la casa Cullen, del salón a la cocina, y en todos se ve a través de las ventanas, que tuvimos que hacerlo tan real como fuera posible —explica Flemming—. Los efectos visuales son ya de tal calidad que nos decidimos por usar cromas, de forma que todo el bosque que se ve fuera [del set en el estudio] proviene del verdadero bosque de los exteriores».

«La iluminación y los reflejos dieron tantos problemas que tuvimos que quitar los cristales del set del estudio —dice John Bruno—. El rodaje [simultáneo] fue una locura. En lo referente a la iluminación, nadie sabía qué había fuera del set de la casa. ¿Está lloviendo, tenemos árboles mojados? ¿Cuánta luz de la casa ilumina los árboles? Se decidió que, para seguir rodando sin parar, yo me encargaría de cuadrar lo que hubiese afuera con los exteriores reales y lo compondría en consecuencia. Siempre he

Preparativos de la escena de la transformación en el set.

la casa se modificaron al servicio de las necesidades narrativas de Condon y las cinematográficas de Navarro. Las modificaciones solicitadas por el director incluían el aprovechamiento de la profundidad de la casa y la apertura del estrecho pasillo de la segunda planta para proporcionar un acceso más obvio de la cocina al salón.

La gran dificultad para el departamento artístico de Sherman —y la mayor tarea de Flemming— fue diseñar la parte de atrás de la casa. Observaron referencias fotográficas y otras casas de estilos arquitectónicos similares a la de aquella primera de Portland. El director artístico utilizó modelos 3-D digitales de los anteriores films a modo de plantillas y comenzó a crear un modelo basado en la casa de Portland. «Trabajo con SketchUp, un programa de diseño arquitectónico intuitivo y fácil de usar —dice Flemming—. Te da el aire de un boceto, la forma natural de dibujar en papel, pero en 3-D. El problema con el arte digital, creo yo, es que las líneas parecen muy definidas y acabadas en todas las fases del proceso. Este programa captura el proceso preliminar de creación y te permite crear imágenes más definidas conforme el proceso va estando también más definido [al acercarse al estado final de la imagen]».

El estudio de Carlisle se construyó en ambos sets en la zona de la nueva parte de atrás de la casa. Dado que la abundancia de cristales permitía ver tanto el exterior como el interior, los dos sets contaban con interiores completos. «Al tener ambas casas una planta sobre la otra, tuvimos que construirlas como casas de verdad, con su integridad

odiado eso de "lo arreglamos después". [Pero] en este caso era una buena solución. El set estaba en medio del estudio de Baton Rouge, así que lo pudimos rodear de 360 grados de croma, a unos doce metros. Todo el rodaje en exteriores transcurrió entre lluvia y nubes, fue raro ver el sol. Yo tomaba la cámara y rodaba placas para el fondo que pudiesen ir con estas situaciones [de luz] para la casa. Después, Mark Weingartner [director de fotografía de efectos visuales] pasó una semana rodando placas, y al final consiguió algunas con sol».

Lorin Flemming estimó ambos sets en unos 2,800 metros cuadrados, «incluidas las cubiertas extensibles». Los dos sets de

«QUERÍAMOS DEJAR EL ESTUDIO DE CARLISLE TAN ABIERTO COMO PUDIÉSEMOS».

estructural de forma que una planta soportase la otra —añade Flemming—. Contábamos con que hacía falta espacio para el despacho de Carlisle, así que extendimos una sección trasera de la casa a tal efecto. Después construimos unas grandes cubiertas extruidas en la parte de atrás que sobresalían sobre el despacho, pero nos ceñimos a las diagonales inherentes a la casa, junto con un montón de cristal. Si observas la parte de atrás, de espaldas al río, el estudio de Carlisle queda a la izquierda, bajo la cubierta gigante que sale del salón».

«Queríamos dejar el estudio de Carlisle tan abierto como pudiéramos —añade Richard Sherman—. Logramos un efecto de espacio con un cristal que apuntaba al bosque en el fondo. El estudio contenía un sofá, una chimenea, una mesa grande, muchas estanterías del suelo al techo y una especie de área de reuniones. Bella da a luz en la zona de la chimenea».

Convertir las detalladas especificaciones del departamento artístico en realidad fue obra de los coordinadores Randall Coe en Louisiana y Doug Hardwick en Canadá. El trabajo de Hardwick en el set de Squamish se llevó a cabo en dos

> «[Trabajar en dos películas al tiempo] era un verdadero reto para tu energía creativa. Sin embargo, hacerlo bien era tan importante para nosotros que fue justo eso lo que nos hizo mantener el ritmo. El rodaje era un rompecabezas absoluto: un día era la boda, al siguiente, Bella daba a luz a una niña medio humana y medio vampiro, al siguiente, Esme les llevaba unos sándwiches a los lobos en el jardín de los Cullen. Tenías que controlarlo todo, conocer ambos guiones de principio a fin».
>
> MICHAEL WILKINSON, DISEÑADOR DE VESTUARIO

Esme (Elizabeth Reaser) ofrece algo de comer a los lobos que protegen su casa: Leah, Seth y Jacob.

fases, iniciadas a finales de septiembre de 2010. «Primero despejamos el lugar y comenzamos a levantar la estructura principal. Después la sellamos, cuando el tiempo empeoró a mediados de diciembre —recuerda Flemming—. Regresamos a mediados de enero para finalizar el interior y hacer los remates. Fue complicado, un invierno de mucho frío y nieve. Me contaron que había un metro de nieve cuando iban a rodar y tuvieron que usar vaporizadoras para derretirla».

Era un metro *y medio* de nieve, según recuerda Richard Sherman. «Una semana antes de rodar en la casa pasó una tormenta increíble. Fue un lunes, y teníamos que rodar el siguiente martes. Doug Hardwick y Jeremy Stanbridge, nuestro director artístico en Vancouver, lo hicieron posible. Trajeron vaporizadoras [para fundir la nieve] y nos dejaron ese verdor intenso de los helechos. En una semana hicieron que pareciese verano. Nadie diría que aquello tenía un metro y medio de nieve. Increíble».

Mientras Sherman y Flemming dedicaban varias semanas de junio de 2010 a los bocetos iniciales en Los Ángeles, el supervisor artístico Troy Sizemore se marchó a Baton Rouge a preparar el departamento artístico. Flemming ya se encontraba allí, mientras que Jeremy Stanbridge se encargaba del departamento artístico en Canadá. Además del modelo virtual en 3-D de la casa de los Cullen, el departamento fabricó dos maquetas de cartón pluma a escala (la más grande de 120x60 cm y la más pequeña de 75x30 cm). Conforme los demás departamentos iban llegando a Baton Rouge, las maquetas les servían de verdadera referencia, muy útil.

Aquel apretado verano en Baton Rouge, director y guionista lo dedicaron a trabajar el guión final. John Bruno, ya a la carrera, reunió el equipo con el que llevaba años trabajando, incluido el productor de efectos visuales Robin Griffin; los coordinadores Ron Moore y Suzanne Murarik; el supervisor de efectos visuales de la segunda unidad Terry Windell; y Mark Weingartner, quien rodó las placas VistaVision. El diseñador de vestuario ya había pasado de su fase de «caza y captura» en Los Ángeles a Louisiana, donde las pruebas de cámara se centraban en la imagen final del vestuario. Navarro y su equipo, juntos ya catorce años, desarrollaban el aspecto visual. David Schlesinger también se había establecido en Baton Rouge para la decoración de los sets, mientras que Jan Blackie-Goodine, directora en el set, había llegado a Canadá en enero para encargarse de vestir los escenarios de la boda y la celebración.

Blackie-Goodine, directora artística nominada al Oscar con el productor artístico Henry Bumstead por *Sin perdón,* de Clint Eastwood, contaba con la experiencia ideal para vestir un set en un bosque durante el final de la época de lluvias. «Muchos escenógrafos están hechos a trabajar en un entorno urbano, y nosotros estábamos en pleno bosque húmedo, a hora y media de Vancouver, en condiciones duras, sin comodidades —dice ella—. Necesitaban a alguien que pudiese trabajar en tales condiciones, ¡y esa era yo! Estoy acostumbrada a trabajar tanto con calor como cuando hiela. No me asusta el "campo abierto". Vengo de una familia ranchera, pero también soy muy de ciudad, una mujer con lo mejor de ambos mundos. También se buscaba a alguien con una sensibilidad femenina porque la boda tenía que ser mágica, como de cuento de hadas».

Una vez terminados los preparativos en Baton Rouge, comenzó el rodaje con cuatro o cinco días en Brasil. Después, la primera unidad regresó a Louisiana para rodar los interiores de ambos films y el grueso del programa, de noviembre a mediados de febrero. Con una semana para trasladar reparto, equipo y equipamiento, el rodaje principal se extendió por treinta y ocho días en la Columbia Británica. Al final, el calendario de rodaje de cien días se alargó uno más, dedicado a rodar una escena clave de la luna de miel, y que cerraría el rodaje principal de la saga al completo.

Bannerman recuerda la boda como «el suplicio». Aunque la novelesca boda de Meyer sucedía en agosto (el día 13, para ser exactos), el equipo la rodaría en pleno frente de lluvia y nieve. «Dejamos la boda para el final del rodaje principal ya que las lluvias persisten hasta últimos de mayo y nosotros cerrábamos a finales de abril —dice Bannerman—. La mayoría de nuestros exteriores necesitaba un tiempo seco, y estábamos en un sitio donde llueve todos los días».

Desde luego que, sin pesadillas con el mal tiempo, este no sería un rodaje de la *Saga Crepúsculo*. El mal tiempo era inevitable, dadas las localizaciones necesarias para recrear el nublado y lluvioso Forks y su entorno. Pero no fue solo el clima de la zona. Nos cuenta Sherman: «Rodábamos una escena [de la primera parte] en Vancouver Island, ¡y nos evacuaron por el tsunami que golpeó Japón!».

La boda, situada al final del calendario, se mantuvo presente en los pensamientos del equipo durante todo el rodaje principal. Las nupcias de Edward y Bella eran el gran momento donde el equipo de producción de *Amanecer* —y toda la franquicia— tenía sus miras puestas.

«La boda fue algo en lo que empezamos a pensar desde el primer día —añade David Schlesinger—. Sabíamos de su importancia: nos aterrorizaba de verdad. Era una responsabilidad gigantesca porque los fans llevaban años esperando esta boda y sabíamos que tendríamos que hacerla bien. Comenzamos a pensar en ella desde el mismísimo momento en que acepté este trabajo».

> «LA BODA TENÍA QUE SER MÁGICA, COMO DE CUENTO DE HADAS».

En los exteriores de la Columbia Británica se colgaron grandes paños para lograr una luz difusa.

El sueño de una noche de verano

Bella (Stewart) busca el apoyo de su padre, Charlie (Billy Burke), antes de dirigirse camino del altar.

«Ha habido un millón de bodas, básicamente rapsodias sobre el mismo tema, amplios pasillos, sillas blancas y flores. La idea de esta boda es que se trataba de algo natural que brotaba del bosque. Eso nos llevó a la idea del *Sueño de una noche de verano*. Implicaba tenerlo todo cubierto de musgo, ramas curvas convertidas en asientos cubiertos de flores y musgo, el pasillo cubierto de flores blancas sobre musgo, un baldaquino de glicinias como si llovieran flores, todas aquellas flores blancas, tenues, mezcladas con el verde pálido y oscuro del bosque».

RICHARD SHERMAN, PRODUCTOR ARTÍSTICO

Los bosques húmedos de la península olímpica son parte integral del universo de la saga, ofrecen resguardo a los Cullen y los quileute al tiempo que ocultan a vampiros nómadas que merodean: amenaza y tranquilidad coexisten en el verde esmeralda de sus profundidades. «El bosque, con sus helechos y sus gigantescos árboles intactos, es casi otro personaje —dice Jan Blackie-Goodine—. Siempre ha tenido un papel crucial en la historia, desde el primer film, y es un lugar tan bello como misterioso para la casa de los Cullen. Pero es también aterrador: llueve mucho y todo está cubierto de musgo, un parásito que se va apoderando de los árboles y acaba con ellos. Es bello, pero de un modo muy cruel».

El arquetipo del bosque ha sido un escenario icónico tanto en la historia como en mitos, escritos sagrados y cuentos de hadas, un lugar amenazante, de misterio y de aventura. En la shakespeareana *El sueño de una noche de verano,* el bosque era refugio de hadas y de los amantes Hermia y Lisandro, una temática mágica que el productor artístico tocó en la boda de Edward y Bella.

Richard Sherman se había devanado los sesos para dar con un enfoque que hiciera justicia al evento, por eso está tan agradecido a Aristotle Circa, amigo y estilista de moda, por ofrecerle la idea que desbloqueó el nudo creativo. «Se casan en un bosque, y me dijo Ari: "¿Y por qué no lo hacen entre los árboles, como una parte de la naturaleza?". La sugerencia de Ari me quitó una carga enorme de encima. Era el punto de partida, nuestro sueño de una noche de verano evolucionó a partir de ahí».

La madre de Bella (la actriz Sarah Clarke) recibe su invitación de boda por correo.

Isabella Marie Swan

y

Edward Anthony Masen Cullen

con sus respectivas familias
requieren el honor de su presencia
en la celebración de su matrimonio

a las cinco de la tarde del
sábado trece de agosto
de dos mil once

en el 420 de la Avenida Woodcroft,
Forks, Washington

En un sueño llegó

El film incluiría también una pesadilla de una noche de verano. La noche previa a la boda, Edward ofrece a Bella una última oportunidad de comprender las posibles implicaciones de convertirse en un vampiro, y sus temores subconscientes se disparan en una ensoñación que el equipo llamó «la pesadilla nupcial». En el culmen del horror, Bella se ve sobre los cadáveres ensangrentados de su familia y sus amigos, cuerpos amontonados simulando un pastel nupcial. La idea surgió en unas conversaciones iniciales que Condon mantuvo con Robert Pattinson, consciente de la culpa y aversión hacia sí mismo que Edward sentía cuando se rebeló contra el vampirismo «vegetariano» de Carlisle.

«Hubo una época en que Edward exploró lo que era matar seres humanos y beber su sangre —dice Condon—. Aunque se cuidó de matar solo a asesinos, una especie de *Dexter* de los años treinta, se percató de que era un monstruo pues sus víctimas no dejaban de ser humanas. De forma que regresó con Carlisle y se comprometió con su doctrina. Me pareció una idea interesante que explorar en su noche antes de casarse, su última oportunidad de mostrar a Bella por qué debería reconsiderarlo, que quizá no pudiera controlarse [como vampiro], que podría acabar haciendo cosas que lamentaría en los siglos venideros. Bella, muy a su manera, sueña e imagina cómo podría ella ser capaz de aquello... Es un ejemplo de cómo llegar de forma visual a la esencia de algo».

A la derecha, el encargado de los efectos especiales en el set Heath Hood extiende la sangre sobre la pila de víctimas. Entre ellas, los amigos de Forks Mike Newton (Michael Welch), Jessica Stanley (Anna Kendrick) y Eric Yorkie (Justin Chon). Más abajo, la actriz Sarah Clarke ocupa su lugar en la pila. Bajo estas líneas, Bella y Edward completan una tarta nupcial de pesadilla.

Fotografía de John Bruno

Alice (Ashley Greene) se encarga del gran día de Bella. A la izquierda, Rosalie (Nikki Reed) también ayuda a Bella (Stewart) a acicalarse.

Al igual que en la novela, Alice Cullen (Ashley Greene) se lanza feliz a planificar la boda, incluido el diseño del traje de Bella. «Queríamos una boda muy propia de nuestro particular universo, la que Alice hubiese diseñado para su cuñada con el mayor cariño y elegancia —dice Wilkinson—. En el libro, esta tarea es algo que se le escapa a Bella, no va con ella. Alice, por supuesto, está encantada de asumir el papel, y lo hará con mucho cuidado. Los Cullen aman la belleza de lo natural. La armonía de aquel jardín en pleno bosque… había que darle un aire muy fresco, romántico y juvenil».

Crear el sueño de aquella noche de verano incluía preparar prototipos de bancos bastos, hechos a base de troncos y ramas. El departamento artístico los diseñó en Baton Rouge y se fabricaron en Canadá. El equipo de decoración de Vancouver creó un baldaquino de glicinias para la ceremonia. «Richard quería que pareciera que llovía flores», dice Blackie-Goodine.

Las glicinias, diseñadas para parecer reales, estaban hechas de seda de calidad enviada por floristerías especializadas de todo Estados Unidos y Canadá: casi quinientas enredaderas de más de cinco metros de largo que un equipo de seis personas se encargó de deshojar para dejar solo las flores. Los tramoyistas aportaron el baldaquino, y la gente de Blackie-Goodine adhirió las enredaderas de glicinia. Sean Blackie, hijo y ayudante de Jan, y Thomas Walker, encargado de vestir el set, echaron una mano para anclar el baldaquino y lograr que cubriese a toda la concurrencia, un área de dieciocho por veinticinco metros. «El anclaje a los árboles había de ser muy resistente —cuenta Blackie-Goodine—. Era peligroso para el equipo, que tenía que trepar a los árboles. Cuando había viento, todo el aparejo que armaban se movía. La preparación de la escena fue tensa, pero al final todo quedó precioso y etéreo, como si fuera parte del bosque, un *look* que extendimos a la celebración».

Se estudió de quince a veinte prototipos para las mesas de la celebración, junto con flores y centros. «Por fin dimos con algo que nos satisfizo a Richard Sherman y a mí —dice Schlesinger—. Creamos un modelo más refinado a partir de una mesa real con todos sus elementos y flores, y se la mostramos a Bill Condon para su aprobación final. Para los centros mirábamos arreglos florales, con sus floreros, pero no dejaba de parecer demasiado formal. Empezamos a jugar un poco, sacamos las flores de los floreros y las sostuvimos. Acabamos preparando un montículo de gomaespuma floral cubierto de musgo donde colocamos las flores. La idea era que estas brotaban del suelo del bosque y surgían de la mesa».

El baldaquino de la celebración contaba con racimos de luces, un efecto de iluminación navideña que emulaba las glicinias flotantes de la boda. «El departamento de jardinería trajo

> «Buscábamos lograr una boda que pareciese haber surgido del propio suelo donde viven los Cullen, de este bosque mágico, encantado. Queríamos dotarla de un cierto aire mágico. Esto engarza con esa parte, sin duda la mejor, de ser un vampiro: que vives esa otra existencia de encantamiento».
>
> BILL CONDON, DIRECTOR

Emmett Cullen (Kellan Lutz) y Rosalie (Nikki Reed) «echan una mano» con unos troncos para preparar la boda.

camiones de musgo, helechos gigantes y árboles para las zonas desprovistas, así que fue algo mágico cuando nos pusimos a decorarlo todo —añade Blackie-Goodine—. Nos ayudó, como escenógrafos, a realzar el entorno. Además de los bancos y las glicinias, añadimos flores blancas con los helechos y el musgo. Se convirtió en un estudio de colores verde y blanco, el sueño de una noche de verano».

La responsabilidad de representar la boda y la celebración sería una ecuación que habrían de resolver entre todos, incluida la guionista Rosenberg. «Quería que la boda fuese un evento crucial. Había mucho en el libro, e intenté trasladar tanto como pude, pero sin diálogo. La parte principal es la ceremonia, donde el diálogo es menos importante que Edward y Bella y su momento ante el altar. Jacob es también parte de ello, y aún tenemos la importante presentación de las hermanas de Denali, protagonistas de una larga historia con los Cullen y un rico trasfondo que recorre todo el libro. Era complicado lograr todo eso en la película».

«La boda presentaba ciertas exigencias, había mucho que hacer en día y medio —dice Guillermo Navarro sobre el apretado calendario de rodaje—. Una de ellas era que no debía de ser muy soleada, porque los vampiros brillan al sol, y en la boda están todos juntos. Coloqué unos paños de tela enormes en el set para difuminar la luz. Hay momentos álgidos, como cuando el padre de Bella se encuentra con ella [antes de la ceremonia]… Había planos en

«Al llegar a mi primera reunión con Richard Sherman, él ya había trabajado a fondo la idea de la vuelta a la naturaleza, el sueño de una noche de verano, para la boda. Diez meses después, su trabajo seguía fiel a esa idea nuclear. La naturaleza orgánica de todo aquello era impactante, todo un logro. Parecía el universo de *Crepúsculo*».

WYCK GODFREY, PRODUCTOR

Guillermo Navarro y Bill Condon en el set de la boda en la Columbia Británica. Abajo, Esme, Jasper y Carlisle (Peter Facinelli) ayudan a construir el jardín de ensueño.

que debías ver los alrededores y su decoración. Teníamos la entrada de Bella al encuentro de Edward, que la espera. Tomamos un plano de ellos solos, aislados de los testigos y de la propia fiesta».

Un aspecto inevitable del rodaje de la boda y la celebración era contar con grandes medidas de seguridad. «No me esperaba el nivel de seguridad que teníamos —dice Blackie-Goodine—. Estábamos aislados mientras rodábamos. Teníamos nuestros pases de seguridad, pero también había que entregar cualquier teléfono o cámara que llevaras; hubo que firmar acuerdos de confidencialidad».

Bannerman, a cargo de la seguridad, explica que el «extremo protocolo de seguridad» era vital para preservar la integridad del film. *Todo* era objeto de seguridad: el traje de Bella, el chaquet de Edward, los conjuntos de los invitados, la decoración del lugar, el pastel nupcial. Aunque no se había anunciado el día del rodaje de la boda, y se haría en un lugar apartado, Bannerman piensa que las noticias del evento alcanzaron proporciones virales en las primeras veinticuatro a treinta y seis horas. Algunos fans siguieron a los actores que interpretaban a los ex compañeros del instituto de Bella al salir del aeropuerto de Los Ángeles o al llegar al de Vancouver —en la novela, estos solo aparecen en la boda— y conectaron ambos hechos. Una marea virtual de SMS extendió la noticia.

«Sabían que los actores venían a rodar la boda; eso fue un factor que les ayudó a descubrir el pastel —apunta Bannerman—. Era una verdadera boda de papel cuché, donde todo el mundo quiere saber qué pasa. Teníamos que controlar ocho hectáreas de forma constante para que ninguna imagen de la boda llegase al entorno viral en forma de *spoiler*. Había que protegerse de miradas, cámaras, electrónica… Allí, la seguridad estaba para preservar el disfrute del futuro espectador, el modo mágico y maravilloso en que se había creado todo. Nos había costado tres películas llegar a este punto, y Bill Condon había meditado mucho la secuencia. Habría sido una pena verla comprometida, su impacto robado, por una foto o un soplo. Bill era muy sensible a esa realidad».

> **UN ASPECTO INEVITABLE DEL RODAJE DE LA BODA Y LA CELEBRACIÓN ERA CONTAR CON GRANDES MEDIDAS DE SEGURIDAD.**

Como corresponde al ambiente de encantamiento, había estado lloviendo hasta el día de la boda, cuando la lluvia cesó de forma repentina, se abrieron las nubes, y salió el sol. Y así permaneció dos días, el tiempo necesario para rodar la ceremonia. Llegado el gran momento, el mayor temor del equipo se hizo realidad: «Nos enteramos de que se ofrecía un millón de dólares por una foto del traje de novia —recuerda John Bruno—. El día que rodamos la boda, Kristen sale con su vestido, que es *espectacular,* y vemos un helicóptero ¡con un hombre descolgado! Como lo oímos llegar, alguien gritó: "¡Tapen el vestido!", y cinco tipos con paraguas gigantes se lanzaron sobre la pobre Kristen para asegurarse de que nadie lo pudiera ver».

Bannerman recuerda que el helicóptero se mantuvo a la altitud exigida por las normas de aviación y, en ese momento, estuvo seguro de

Los padres de Bella, Charlie (Billy Burke) y Renée (Sarah Clarke), le entregan un regalo de boda especial: un pasador con piedras preciosas.

El padre adoptivo de Bella, Phil Dwyer (Ty Olsson), en su debut en la saga, con Renée y Charlie.

«De cara a la boda, intenté meterme en la cabeza de Alice, ver sus inspiraciones e influencias, ya que ha presenciado un siglo de moda y de referencias culturales. A Ashley [Greene] y a mí nos gustaba la idea de que Alice fuese fan de las películas clásicas que simbolizaban una elegancia nostálgica. Nos fijamos en los vestidos que llevaba Ginger Rogers y combinamos dicha influencia con una estética contemporánea. Así comencé mis bocetos. Para la propia Alice, Ashley y yo nos enamoramos de un vestido corto muy *chic* con cuentas iridiscentes estilo años treinta y detalles de pluma de avestruz: ¡le daría un movimiento ideal en la pista de baile!».

MICHAEL WILKINSON, DISEÑADOR DE VESTUARIO

Una buena muestra de la moda vintage de Alice (Greene).

que nada se podría atisbar bajo el manto de glicinias del baldaquino, una sospecha confirmada más adelante, cuando él subió en helicóptero para rodar planos aéreos de la casa de los Cullen y el bosque. «No se veía nada, teníamos todo muy protegido por la vegetación y el propio set. La casa sí se ve, pero estábamos constantemente a cubierto por los árboles y el bosque».

El helicóptero acabó marchándose, y la boda prosiguió. Bill Condon describe el proceso del recorrido de Bella camino del altar. «Lo mostramos desde la perspectiva de Bella, la de una persona con una increíble voluntad férrea y, paradójicamente, con la ansiedad de atravesar una multitud, una persona que no desea ser el centro de atención que representa una novia. Pero ahí tiene a Edward, esperándola, ahí tiene su amor y confianza en él para llevarla hasta allí. Esa escena es el ejemplo perfecto de nuestro enfoque envolvente. No es como ver la última boda real en la tele, sino como si estuvieras allí con ellos».

Durante la primera etapa de estructuración y redacción del guión, el director quería evitar «bloques expositivos», y así fue con la presentación de las hermanas de Denali, en especial con Irina (interpretada por Maggie Grace), cuya historia se contará al completo en el segundo film. «En los primeros borradores de la segunda parte, teníamos que contar todo su pasado, y quedaba extraño —recuerda Condon—. Al tenerlas en la boda, podíamos verlas actuar en lugar de contarlo todo en un *flashback* [en la segunda película]».

En la novela, antes de convertirse al vampirismo «vegetariano», eran unas seductoras cuyas conquistas sexuales terminaban en baños de sangre. El peinado, maquillaje y vestuario de Irina, Kate y Tanya habían de estar conjuntados. «Tenían que entrar y estar realmente divinas —dice Michael Wilkinson—. Esto era cosa de Bill y mía, que por mucho que su belleza te deje con la boca abierta, has de creer que se pasean por el mundo real tal y como lo conocemos, que no son portadas de revista. Con la elección de línea, escotes y tejidos, me aseguré de que su aire fuese conjuntado pero con variaciones en cada personaje».

«Las hermanas de Denali tienen *looks* particulares basados en sus personajes —añade la estilista Rita Parillo—. En el libro se describe el pelo de Kate como la seda del maíz; lo tratamos de imitar con un producto para alisar el pelo de Casey LaBow y una plancha que ayudase a mantener el aspecto sedoso. Tanya, interpretada por MyAnna Buring, aparece con un recogido en plan "diva" sexy, y luego le dimos un aspecto más suelto y ondulado que iba con el carácter batallador del personaje. Para Irina, Maggie Grace llevaba el pelo recogido, pero [en la primera parte] lo lleva suelto. El trío de rubias estaba genial en conjunto, y aun así, cada *look* conservaba su personalidad».

«El equipo de maquillaje trabajó mucho para crear fluidez entre los vampiros y los humanos —añade la responsable del departamento, Jean Black—. La idea seguía siendo lo "joven y romántico", e intentamos mantenernos fieles a eso».

«TENÍAN QUE ENTRAR Y ESTAR REALMENTE DIVINAS».

Esme (Reaser) charla con las hermanas de Denali, desde la izquierda: Irina (Maggie Grace), Kate (Casey LaBow) y Tanya (MyAnna Buring).

En otra escena clave, Jacob disfruta de un momento a solas con Bella y le expresa su asombro ante el hecho de que ella desee una verdadera luna de miel. «Ya llevábamos tres films de conflicto entre Jacob y Edward, con los celos de Jacob —dice Rosenberg—. Nos preocupaba que empezara a ser repetitivo, con otro enfado iracundo de Jacob por la relación entre Edward y Bella. Esa escena de la boda la queríamos manejar de forma que avanzaran tanto la historia como su relación. Lo que hicimos fue, básicamente, rebajar el estallido de Jacob. La clave de la escena es transmitir al público, y recordarle a Bella, que lo que desea la puede matar».

La lluvia regresó durante el rodaje de la celebración. «La idea de la celebración en el bosque era muy hermosa, muy natural —añade Navarro—. Queríamos que todo se integrase, mostrar que se trataba de verdadera naturaleza, y no un set. El problema fue combatir la lluvia: tuvimos que usar voladizos y telas para contenerla; estuvimos haciendo entrar y salir a los actores y sacando el exceso de agua».

«Habíamos desplegado un palio impermeable, pero llovió tanto ambas noches que el agua caía por los bordes como una catarata —recuerda Jan Blackie-Goodine—. Fue difícil para los actores, hacía tanto frío que veías su aliento. Tras la primera noche, mi equipo tuvo que incorporarse temprano para retirar toda la mantelería y la decoración de las mesas para llevarla a una lavandería industrial en Squamish. Después, hubo que regresar y volver a vestir todo el set. Conforme lo hacíamos, íbamos cubriendo las mesas con plásticos para mantenerlas secas hasta el momento de rodar, ya que llevaba todo el día lloviendo».

«El agua y el barro te llegaban por los tobillos [durante la celebración] —recuerda Sherman—. El tiempo iba en nuestra absoluta contra. Pero el sol lució en la ceremonia nupcial e hicimos descender a Bella desde la casa al jardín, a la zona de la ceremonia nupcial, para dirigirse al altar. Todo salió a la perfección».

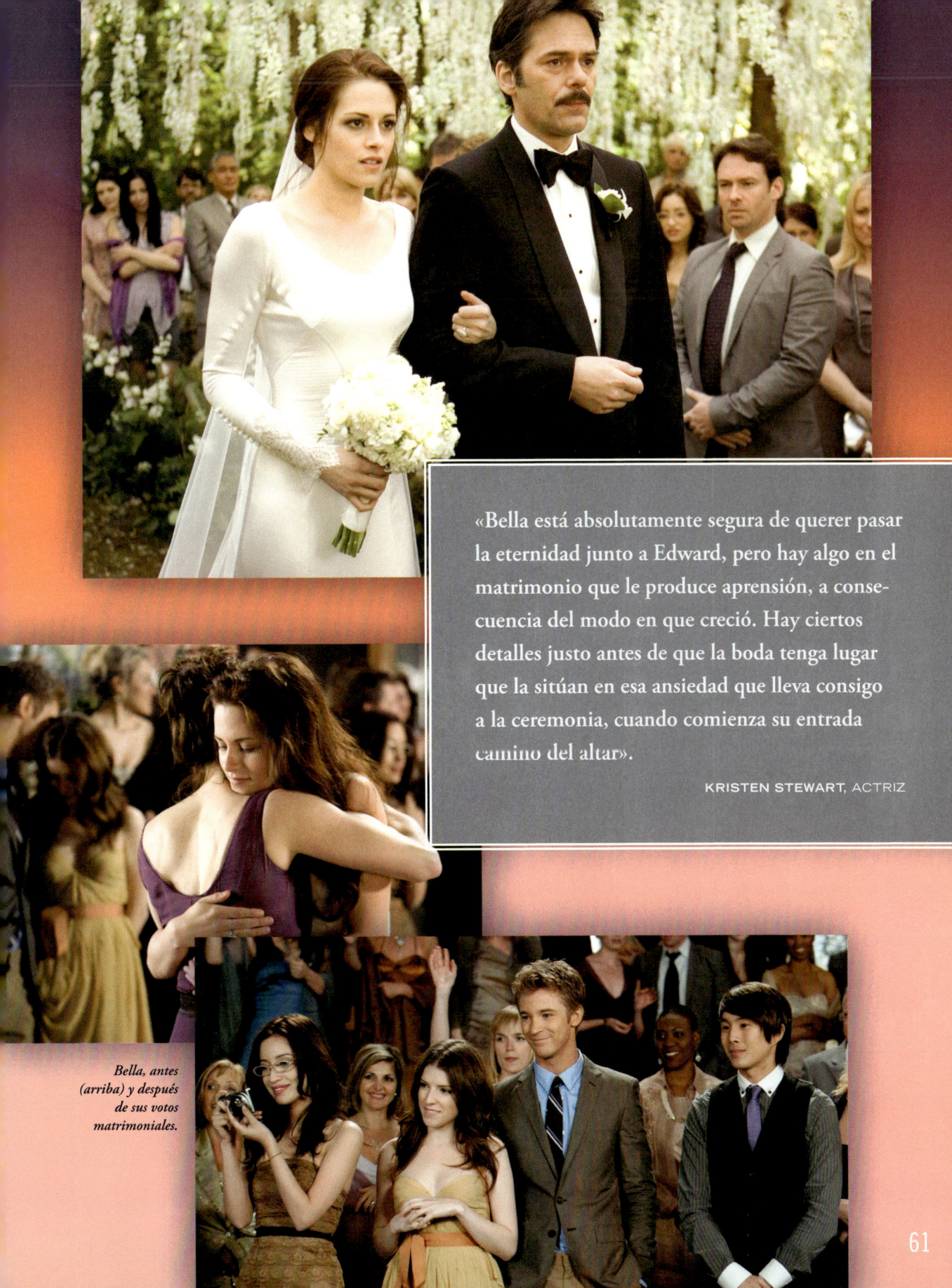

«Bella está absolutamente segura de querer pasar la eternidad junto a Edward, pero hay algo en el matrimonio que le produce aprensión, a consecuencia del modo en que creció. Hay ciertos detalles justo antes de que la boda tenga lugar que la sitúan en esa ansiedad que lleva consigo a la ceremonia, cuando comienza su entrada camino del altar».

KRISTEN STEWART, ACTRIZ

Bella, antes (arriba) y después de sus votos matrimoniales.

Caption TK

Alice (Ashley Greene), Jasper (Jackson Rathbone), Esme (Elizabeth Reaser) y Carlisle (Peter Facinelli) aguardan a la novia.

«Fue conmovedor cuando Kristen se dirigió camino del altar. Cuando Bella mira a Edward a los ojos, puedes ver tres años de narración, de cine que culminan en una secuencia donde no se dice una sola palabra. Cuando los fans vean esta escena, entenderán lo real y delicada que es la relación de Edward y Bella, y lo divertido que resulta formar parte de esto».

BILL BANNERMAN, COPRODUCTOR Y DIRECTOR DE LA UNIDAD AÉREA

Edward y Bella

La boda de Edward y Bella atrajo el interés de un buen número de diseñadores de moda de primera línea. Al rodaje final contribuyeron Brioni, con los trajes masculinos, y Carolina Herrera, que participó en la creación del esperadísimo traje de novia. El diseñador de vestuario evocó una mezcla de aire contemporáneo y *vintage*, incluido el Hollywood de los años treinta, aquella época deslumbrante de caballeros con sombrero de copa y chaquet, y damas con brillantes trajes de noche.

Lorin Flemming y Mike Sabo se pusieron de acuerdo con el diseñador de las joyas de forma que el adorno de la invitación de Lorin y el pasador de Bella tuvieran el mismo estilo victoriano. El pasador es una creación de The Gilded Lily.

«Los zapatos de Bella son un diseño exclusivo de Manolo Blahnik para el film. Tomaron un zapato cerrado blanco, clásico y elegante, y añadieron un precioso motivo floral bordado que se extiende desde los dedos hasta el tobillo. Es un elemento maravilloso que distingue el par de zapatos de manera inmediata, a la vez romántico e innovador».

MICHAEL WILKINSON, DISEÑADOR DE VESTUARIO

«Cuando Stephenie, Bill y yo hablamos sobre el traje de novia, queríamos que tuviese un aire *vintage* y que a la vez capturase la esencia del amor juvenil. Su originalidad y elegancia emanarían de su simplicidad, que haría brillar la belleza de Kristen. En colaboración con los diseñadores de Carolina Herrera, valoramos muchas versiones hasta que llegamos al definitivo. Nos encantó la fuerza de la espalda abierta con una simple capa de encaje francés, y la atrevida simplicidad de la parte delantera. Sabíamos que esto dotaría al traje de una calidad inmediatamente reconocible, apropiada para un vestuario tan icónico».

MICHAEL WILKINSON, DISEÑADOR DE VESTUARIO

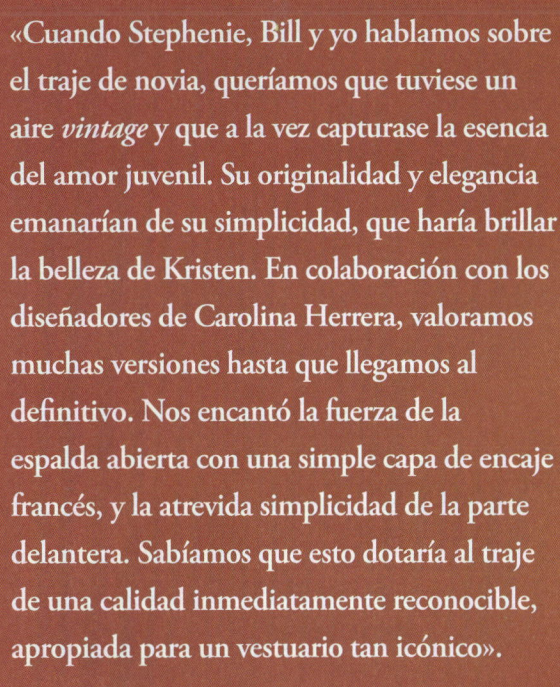

Bella reserva un baile para Jacob.

Edward y Bella

«Un traje único: sinuosas costuras que recorren el frente, dos piezas de puntadas paralelas en la cintura, docenas de botones minúsculos forrados de seda a lo largo del centro de la espalda y el brazo, y una cola con *evasé*. Todos estos detalles recuerdan los vestidos encorsetados en forma de reloj de arena de la época eduardiana. No obstante, la elección de un satén de seda muy ligero, cortado al bies y sin armadura, le da al traje un aire contemporáneo. El escote abierto y de pico resulta recatado, las mangas son largas, la falda hasta el suelo, y aun así la fina doble capa de satén revela la línea del físico ideal de Kristen. El resultado es una perfecta combinación de modernidad y modestia».

MICHAEL WILKINSON,
DISEÑADOR DE VESTUARIO

«Brioni es una renombrada casa italiana que lleva décadas cortando unos trajes maravillosos para distinguidos caballeros de todo el mundo. Pensamos que serían los colaboradores perfectos para los trajes de boda masculinos. Pasé mucho tiempo recopilando ideas y dándoles forma. Sabía que quería que los trajes tuviesen un toque de elegancia *vintage*, pero que fuesen también modernos y juveniles. Envié mis bocetos al estudio de Brioni en Milán, junto con ciertas referencias del corte de época. Nos respondieron con trajes de una confección impecable que sentaban de maravilla al reparto».

MICHAEL WILKINSON, DISEÑADOR DE VESTUARIO

Una charla con la autora de AMANECER, Stephenie Meyer

¿Cómo es eso de darse un paseo por un set de rodaje que representa un lugar de su imaginación, que lo recrea físicamente?

STEPHENIE MEYER: Puede ser algo muy surreal, en especial cuando se parece tanto a lo que yo he imaginado. En *Amanecer,* construimos por primera vez la casa de los Cullen en un bosque; antes, solo había existido por partes en un estudio. Los alrededores son bellísimos, y el río muy similar a lo que yo veía en mi mente. Me sentía rara allí de pie, junto al río, con la casa a mi espalda, como un sueño del que me hubiera despertado.

Las adaptaciones cinematográficas han intentado ser fieles a las novelas, y usted ha participado en cada film. ¿Qué ha aprendido sobre el medio del cine y, en comparación, con el arte de escribir?

SM: Hacer cine consiste en hallar soluciones de compromiso. Hay límites presupuestarios, físicos y de tiempo. Se puede acabar rodando una calle de Londres en Nueva Orleans, o París en un parque de Baton Rouge. Los actores no tienen superpoderes, así que has de fingirlo todo del modo más convincente posible. Hay muchas visiones distintas de la misma escena, y la versión final es una amalgama de todas ellas, nunca es lo que todos y cada uno se imaginaban de una forma exacta.

En ese sentido, escribir es mucho más fácil. Todo está en tu imaginación, de modo que no hay soluciones de compromiso en el proceso creativo. No te cuesta nada hacer que alguien vuele o se transforme o lo que sea sin preocuparte por presupuestos o incluso las leyes de la física. Es un proceso silencioso, concentrado, con una única visión. Para mí, personalmente, es un tipo mucho más puro de creación, me llena más. Pero el cine también llena y es divertido a su manera. Disfruto de los dos.

Filmar AMANECER en una película o en dos fue una decisión importante. ¿Qué fue lo que en última instancia le convenció para hacer dos?

SM: Siempre estuve abierta a ambas posibilidades, a la que mejor contara la historia, y ambas tenían pros y contras. El tratamiento que hizo Melissa se extendió mucho, para llegar fácilmente a los dos films, porque había muchos elementos de la trama por cubrir. Melissa se creyó capaz de escribir dos guiones muy sólidos a partir de aquellos elementos, y yo secundé su idea. Ahora, una vez vista la primera película, me alegro de haber optado por esta dirección. *Amanecer primera parte* tiene mucha sustancia y suspense.

Usted tiene su cameo en la boda, donde por fin ve a Bella dirigirse al altar. ¿Qué sintió al ver a sus personajes cobrar vida en un evento tan crucial en la SAGA CREPÚSCULO?

SM: Resultó ser una experiencia más emotiva de lo que había esperado. No rodamos la boda hasta llegar al final de un proceso muy largo, pero entonces no pensaba en el carácter definitivo de todo aquello; lo vivía día a día. Fue al comienzo del rodaje cuando Bill [Condon] nos contó su idea de que apareciéramos en la boda de Bella quienes llevábamos a bordo

Stephenie Meyer asiste a la boda con Wyck Godfrey, Melissa Rosenberg y Bill Bannerman.

desde el primer film (Melissa Rosenberg, Wyck Godfrey, Bill Bannerman y yo). Pensé que era una broma. Pero entonces, meses después, llegó el momento, y Michael Wilkinson comenzó a hacerme preguntas sobre mi vestuario. El hecho de participar como extra incluyó dos larguísimos días de frío vestida con ropa finita de verano y sentarse en bancos de madera empapados. Me encantó contar con mis buenos amigos a mi lado, así pudimos juntarnos mucho y entrar en calor, además de inventarnos disparates sobre nuestros personajes para pasar el rato: Wyck decidió ser Scotty McCreery, uno de los agentes de Charlie Swan; yo era su esposa, Stephenie McCreery (mi nombre ya había salido en la cena de *Crepúsculo*) y teníamos ciertos problemas conyugales debido a que Scotty estaba enamorado de Charlie. Bill y Melissa eran también pareja, unos ricachones de Los Ángeles invitados por la madre de la novia, Renée, antigua compañera de habitación de Melissa en la universidad.

De manera que no pensé en el gran momento del personaje que yo había creado, Bella, hasta que vi a Kristen dirigirse al altar, arrebatadora en su traje de novia. Parecía realmente nerviosa. Me miró un instante al pasar el brazo de Billy Burke, y ahí fue cuando todo se me vino encima. Estábamos llegando al final, y Edward y Bella dejarían de formar parte de mi vida cotidiana. Sentí tristeza, pero también una extraña ola triunfal al verla pasar. Estaba muy orgullosa de Kristen, ha dedicado un esfuerzo y una pasión enormes al personaje de Bella, así que me resultó casi increíble estar allí sentada del lado de los invitados de los Swan y compartir con ella su gran día. Se me escapó alguna lágrima, incluso. Es uno de mis recuerdos favoritos del tiempo que he pasado en los rodajes.

La novela AMANECER no es que finalice tanto como que se aleja de los personajes principales. ¿Ha pensado en posibles situaciones a las que Edward y Bella se enfrentaran ya como matrimonio? ¿Se plantea retomar la saga, la historia, en algún momento?

SM: Cuando estaba escribiendo la saga, no pensaba más que en lo que les sucedería a los personajes, así que tengo situaciones suficientes para llenar el siguiente siglo de sus vidas. Tengo la esperanza de escribir todas esas historias algún día, pero si eso llega a ocurrir, no será pronto. Sinceramente, los vampiros llegaron a agotarme un poco. Al escribir AMANECER, sentía la necesidad de separarme un tiempo de estos personajes, y no tenía ninguna seguridad sobre cuándo regresaría a ellos. Decidí acabarla con un final feliz para no dejar a los lectores colgados de manera indefinida, pero no pude obligarme a cerrarla de un modo tan definitivo que no pudiese regresar a ella, por si acaso.

Luna de miel

Robert Pattinson y Kristen Stewart como los recién casados Edward y Bella Cullen.

«La cuestión real era intentar retomar el amor entre Edward y Bella, y el camino a lo inevitable, la transformación de ella en un vampiro para estar con él por siempre. En términos visuales, todo eso es sensual, lánguido, con una verdadera belleza: aquí no hay nada de ese caos que transmite el rodaje cámara al hombro».

WYCK GODFREY, PRODUCTOR

En AMANECER, la novela, Edward ya ha logrado controlar su sed de sangre junto a Bella. Se aproxima el día de su boda y él ya la puede besar en los labios, el cuello, sin temor de perder el control, aunque no deje de sentir la punzada del deseo. «Él aseguraba haber superado hacía mucho la tentación que le suponía mi sangre, pues la idea de perderme le había curado del deseo que sentía por ella —recuerda Bella en el libro la noche previa a su boda—, pero yo sabía que el olor de mi sangre aún le causaba dolor y que todavía ardía en su garganta como si inhalara llamas».[8]

Una vez hechos sus votos, son al fin libres para entregarse el uno al otro. En el film, todas las alegrías, los temores y los deseos de Bella se resumen en el paseo en coche que inicia su viaje hacia el retiro nupcial secreto organizado por Edward. Bella observa el oscuro bosque pasar a velocidad de vértigo, y un claro en los árboles revela una imagen cada vez más grande, el gigantesco Cristo Redentor, la estatua sobre Río de Janeiro. «Edward y Bella van camino de su luna de miel y de su intimidad de recién casados, y ella no tiene ni idea de adónde van —cuenta Bannerman—. Bill Condon quería condensar la resituación geográfica con un plano de este tipo, así que teníamos que hacer aquel movimiento tan difícil y coreografiado alrededor del Cristo para que casase con el plano [de Bella en el coche]».

Para rodar la placa, Bannerman ascendió en un helicóptero ligero AStar B2 con un piloto brasileño. Ni siquiera pudo contar con su operador de cámara habitual: el helicóptero ya pesaba mucho con dos ocupantes y los 320 kilos

El paseo en coche se filmó en un croma.

de cámara una vez montada. Además, habrían de volar justos de combustible y ser así lo suficientemente ligeros para combatir los vientos y realizar la maniobra. La estatua, de 40 metros de alto, se halla sobre un pico de unos 610 metros de altitud. El equipo incluía la típica esfera aerodinámica con sistema de giroscopio que sujetaba una cámara conectada por cables y electrónica a la cabina, donde un operador podría realizar todos los movimientos habituales terrestres, panorámicos y verticales, y también giros.

El día del rodaje, un manto de nubes amenazaba con oscurecer la estatua. «Para las tomas aéreas necesito que haga un tiempo óptimo —explica Bannerman—, pero con *Crepúsculo*, ya se sabe que el tiempo es una lotería, siempre hay que hallar un equilibrio entre el tiempo razonablemente bueno y el plomizo. Necesitas que esté nublado, pero no se puede volar con nubes excesivamente bajas, es demasiado peligroso. Si la estatua quedaba entre las nubes, no conseguiríamos la toma. Tomamos el ferry a Río a mediodía y, cuando estábamos comenzando las pruebas de luz diurna hacia las tres de la tarde, las nubes quedaban justo sobre la cabeza de la estatua. Salimos al atardecer, ese momento de luz mágica. Empezamos el rodaje, ¡y lo conseguimos! Me dirigí sobre el centro de la ciudad para sacar más tomas. Volví a mirar la estatua unos veinte minutos más tarde, y estaba absolutamente engullida por las nubes. Los dioses del tiempo *y* del cine nos sonrieron aquel día».

El rodaje en Brasil supuso el inicio del rodaje principal. Igual que en la novela, los actores subirían a bordo de un barco anclado en Río para zarpar hacia Isla Esme, la isla particular nombrada en honor de la matriarca del aquelarre de los Cullen.

Exteriores en Brasil.

«Es cosa mía como director de unidad aérea el hallar los matices de la historia y ofrecer al director diferentes opciones. Podría querer un plano fluido sobre los tejados en oposición de un movimiento en picado que te centre en algo totalmente distinto. Decidir las tomas es sencillo, lo difícil es llevarlas al siguiente escalón en la creación de un entorno mágico. Yo, eso lo lograría por medio de la composición y de movimientos de cámara fluidos, con una forma vampiresca, o romántica: como una hoja mecida por el viento. Utilicé esa analogía con mi piloto, no se trataba de un desplazamiento mecánico entre los puntos A y B, sino de una coreografía que refleja el sentir».

BILL BANNERMAN,
COPRODUCTOR Y DIRECTOR DE LA UNIDAD AÉREA

Edward y Bella toman una motora camino de su refugio de recién casados.

El romántico paseo nocturno en la motora se rodó en Paraty, cerca de la costa de Río, donde hay un canal con un túnel de viento natural que el trabajo aéreo tuvo en cuenta. La llegada a la isla fue una típica escena de «noche americana». «Es imposible iluminar el mar de noche, así que rodamos de día con niveles mínimos de luz —dice Bannerman—. Utilicé el reflejo del sol en el agua a modo de luz de luna, otro truco habitual.

»He hecho todas las tomas aéreas desde que me uní a *Luna nueva* —añade Bannerman—. Y las he hecho en muchas películas, es una de mis pasiones. Dirijo todo el trabajo que ha de ser hecho desde una perspectiva aérea, todo lo que no pueda conseguir una cámara de grúa ya sea perseguir a una motora, un Porsche o una motocicleta, o la filmación de tomas de situación de amaneceres o atardeceres. Hay muchos elementos que son necesarios desde el aire, incluidos detalles narrativos y el trabajo en conjunción con elementos coreografiados en el suelo. La filmación de dos extras a los mandos de una motora en mar abierto cuando los protagonistas van camino de Isla Esme fue un ejemplo. Hay que tener muchas cosas en cuenta. Cuando ves a los actores salir de un muelle de Río de Janeiro, ¿qué hay después? ¿Cómo llegan a la isla, cuán rápido, cuánto tiempo les lleva?».

En preproducción, la casa donde Edward y Bella pasan la luna de miel supuso un debate considerable. Finalmente se decidió rodar los exteriores en Brasil y utilizar el estilo arquitectónico de los exteriores para adaptar un set de interiores en Baton Rouge. Antes del rodaje principal, cerca de la costa de Río, se inició la búsqueda de la Isla Esme para el proyecto.

«[Encontrar] la casa de la playa fue una pesadilla», recuerda Richard Sherman, que organizó otro departamento artístico en Brasil. La realidad del país resultó ser una dificultad. «Muchas y buenas ideas se descartaron porque, una vez llegas a Brasil, ante tus ojos no tienes una zona de playa como ves en los Hamptons o en Malibú, con grandes fincas. Es muy discreto. Aun los ricos tienen casas en la playa que son abiertas, con tejados de brezo y vigas, cocinas

La pareja optó por vestir de sport en su huida tropical.

«A Bill y a mí nos emocionaba la idea de la luna de miel como las clásicas vaciones de verano americanas, casi como JFK y Jackie en Martha's Vineyard. Queríamos que fuese romántica y juvenil para que el público disfrutase viendo a Bella libre por fin de sus camisas de franela, con la maleta que le había preparado Alice. Bella lucha con esta nueva imagen de sí misma, no se siente ella con la ropa tan femenina que Alice le ha elegido para Río; esa lencería tan mortificante; y el bikini blanco tan mono. Conforme avanzan las vacaciones, es divertido ver cómo Bella comienza a relajarse y a añadir su propio e inevitable estilo. Se pone camisas de Edward y comienza a combinarlas de un modo no pretendido por Alice, sino más a lo Bella, de manera espontánea».

MICHAEL WILKINSON,
DISEÑADOR DE VESTUARIO

al aire libre y unas grandes y hermosas camas cubiertas de gasa».

La novela describe una isla romántica, solitaria, pero la costa de Brasil cuenta con cientos de islotes uno junto al otro. «Aquí no hay islas remotas, sin más —apunta Sherman—. Y también hay mucha política. Dimos con una buena casa que queríamos utilizar, pero resultó ser objeto de discusión con el gobierno ya que estaba construida de manera ilegal y formaba parte de la lista de casas por derribar. Tuve que tomar un avión y volar a Río para buscar otra».

Sherman y su equipo brasileño pasaron el mes siguiente recorriendo la costa en un barco enorme, buscando la casa adecuada en una isla. Los amables anfitriones del productor artístico le ofrecieron una buena gama de experiencias, desde los animados clubes *underground* de bossa nova de Río hasta una inolvidable comida cuando cambiaron del barco gigantesco a otro más reducido que los trasladó a una isla rocosa con un restaurante con sus camareros y todo, y un buen pescado a la brasa. Eran días laborables de sol, mar y el paisaje de las islas desiertas con una densa jungla tropical. «Hacia el tercer día, me pregunté: "¿Y me van a pagar por esto?". Era como unas vacaciones», dice un Sherman sonriente.

La expedición encontró al fin lo que buscaba: una isla con una casa en aguas salpicadas con otras cinco o seis islas (Sherman cuenta que la idea era eliminar una de ellas digitalmente al comienzo de la postproducción y así dejar una visión más clara de Isla Esme). Aunque algunos aspectos del lugar fuesen ideales, también tenía sus inconvenientes. «Nos gustaba el entorno y el interior de la casa, pero sus exteriores no eran excelentes —apunta Sherman—. Estaba sobre un montículo con césped, así que tuvimos que crear una playa. Nuestra casa tiene su tejado y sus muros, pero también sus zonas abiertas. Las puertas no son correderas, sino de manija. El muro trasero da a la jungla, y el delantero al mar, así que estás sentado en una playa, básicamente, sin nada a tu alrededor. Así es como viven aquí».

Sherman y su equipo dedicaron las siguientes tres semanas a preparar la casa para la llegada de Condon, Navarro y el resto de la primera unidad. «Una mañana, aparece un oficial de policía en un bote y nos dice: "Solo queremos avisarles de que hoy, a las tres, se va a producir una gran explosión: vamos a volar la casa de al lado". Nosotros no la veíamos porque estaba a la vuelta del siguiente cabo, pero dan las tres y... ¡BOOM!, lo hicieron. Tembló nuestra casa entera, y vimos unas columnas de humo negro. Después, se declaró un incendio en la jungla, y tuvieron que venir los bomberos a extinguirlo para que no saliéramos nosotros ardiendo. La verdad es que fueron unos momentos algo delicados».

> SHERMAN Y SU EQUIPO BRASILEÑO PASARON EL MES SIGUIENTE RECORRIENDO LA COSTA EN UN BARCO ENORME, BUSCANDO LA CASA ADECUADA EN UNA ISLA.

Edward (Pattinson) y Bella (Stewart) juegan al ajedrez en un guiño a la cubierta de la novela, y para protegerse de las tormentas tropicales. Arriba y abajo, el set de la luna de miel en Isla Esme.

La pareja pasa una noche en la ciudad, y el equipo la rodó en el muy de moda distrito de Lapa en Río.

A lo largo de la selección y la preparación de las localizaciones, Sherman y los suyos disfrutaron de un clima inmejorable. Condon y compañía por fin llegaron, se embadurnaron de protector solar y estuvieron listos para rodar. Para una escena de un paseo de Edward y Bella por las calles de Río, Sherman había sugerido a Condon que evitaran las zonas turísticas y rodaran en un distrito de moda para la gente joven: Lapa. Aquel fue el primer día de rodaje, recuerda Sherman.

Como de costumbre, la pareja protagonista llamó mucho la atención en las localizaciones. «Ya habíamos tenido más de una película para acostumbrarnos a la idea de la tensión que crea entre los fans un rodaje en exteriores —cuenta Wilkinson—. En Brasil se nos fue un poco de las manos. Había una gran multitud en la calle cuando Robert y Kristen llegaron a su hotel, y varios cientos de personas mirando cuando rodamos la partida hacia la isla en el muelle de Río».

El segundo día, la unidad rodó una escena en una cascada. El tercero, recuerda Sherman, la primera unidad se desplazó a la isla de la luna de miel cuando el tiempo cambió a peor. «De repente se convirtió en una tempestad, casi un huracán de viento, nubes negras y cortinas de agua. Yo me pude marchar, tenía que volver, pero ellos no pudieron abandonar la isla… Reparto y equipo tuvieron que pasar la noche en aquella casa sin agua ni comida, y dormir en el suelo».

«Nos las arreglamos para llegar en pleno monzón —recuerda Condon—. No tuvimos suerte, ya no volvió a lucir un sol radiante».

> LA PAREJA PROTAGONISTA LLAMÓ MUCHO LA ATENCIÓN EN LAS LOCALIZACIONES.

Para Richard Sherman fue una pena ya que los cielos cubiertos y tormentosos impidieron que la primera unidad jamás lograse capturar el azul de aquellas aguas o el tono níveo de la arena. Aun así, al director le quedaba la satisfacción de haber conseguido lo que buscaban excepto la escena clave de un baño de Edward y Bella a la luz de la luna, su primer encuentro sexual. La primera unidad lo solucionaría al final del calendario; mientras, quedaba mucha luna de miel por hacer cuando regresaron a Baton Rouge. El trabajo en interiores comenzó en la casa preparada en otro set de croma al que un equipo dirigido por Terry Windell le añadiría las placas de los exteriores.

El lecho nupcial era una clásica cama con dosel en cuatro postes, materialización del enfoque del escenógrafo David Schlesinger sobre el estilo del film: «Una interpretación moderna de objetos tradicionales.

»Una cama con dosel es un idea muy victoriana, pero también las hay modernas, y con eso nos quedamos —prosigue Schlesinger—. Es una simple cama de teca. Al final, miramos veinte camas distintas antes de decidirnos por la que usamos».

Se compraron dos camas de madera de teca, una diseñada y preparada para mostrar los efectos de la primera experiencia de la pareja. «La primera vez que se acuestan es en la luna de miel, y tuvimos que pensar en cómo mostrar los daños en la cama, las plumas [de las almohadas desgarradas], toda aquella locura —dice Flemming—. Entre Richard, David, el director

La bella cascada cerca de Paraty, en Brasil.

y yo encontramos la cama perfecta y pensamos cómo hacer que se desarmara de un modo que resultara seguro para los actores. Esa es la parte divertida de mi trabajo, resolver pequeños problemas como ese».

El equipo de efectos especiales al mando de Alex Burdett siguió las especificaciones del departamento artístico y preparó una de las camas con fragmentos que se romperían sin riesgo para los actores. «Básicamente, se trata de una coreografía —observa Flemming—. Se caen varios trozos de la armadura superior, los paños que rodean el dosel se rasgan, se rompe uno de los postes, el cabecero se parte por la mitad por la presión con que Edward lo agarra para que su fuerza de vampiro no cause daño a Bella; las mujeres de la sala se van a poner como locas…».

En la novela, el mayor temor de Edward se hace realidad cuando ve las magulladuras de Bella a la mañana siguiente. Pero esa noche tiene otras consecuencias inesperadas que le dejan en un estado casi catatónico.

«Stephenie narra de forma muy delicada cómo Bella queda embarazada en su mitología, y tú lo aceptas —apunta Rosenberg—. De vez en cuando miro alguna web de fans y veo que alguien comenta algo sobre Edward en plan "es un hecho". ¿Un hecho? ¡Pero si es un personaje de ficción! Así de asumida está la mitología de los vampiros, así que, si los vampiros pueden existir, ¿por qué no el esperma de vampiro?».

El sorprendente descubrimiento lleva a Edward y a Bella de inmediato de regreso a casa y pone en marcha el resto de la historia.

Se compraron dos camas de madera de teca. La suite nupcial antes…

… y después. La cama estaba preparada para «desarmarse».

«Yo creo que uno nunca pone en duda que Edward y Bella vayan a estar juntos, y eso jamás ha sido así. En mi opinión, eso es lo que de verdad hay que hacer ver a la gente».

KRISTEN STEWART, ACTRIZ

«La luna de miel es una parte muy sensual de la historia, la culminación de las novelas. Es también donde el conflicto se torna más complejo con todas las cuestiones propias del matrimonio, de madurez, como el sexo y la familia, así que era importante mostrar la evolución en ese periodo. Comenzamos con los nervios. Después, ella lo desea a él y él se niega por miedo a hacerle daño; y acabamos con ella que le seduce y él que se resiste antes de claudicar. Bella es algo torpe en el papel de seductora, pero la escena consiste en cómo ella toma el control, y lo bien que se lo pasan».

MELISSA ROSENBERG, GUIONISTA

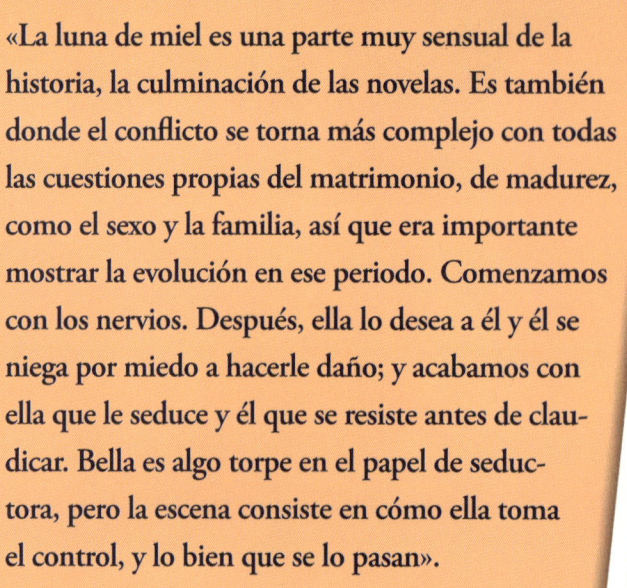

Bella (Stewart) se encuentra a merced de Alice en su luna de miel: solo cuenta con las prendas de encaje que le ha preparado su cuñada.

Edward (Pattinson) mete en casa todo el equipaje preparado por su hermana.

La novia cruza el umbral en brazos de un galante Edward.

«Lo de Brasil fue un poco caótico, y muy bello. Los dos primeros días allí fueron maravillosos, en el entorno más increíble. Entonces se torció casi todo lo que podía ir mal. Nos encontramos envueltos en vientos huracanados y lluvias monzónicas… Pero ¿no se suponía que estábamos en una luna de miel ideal?».

ROBERT PATTINSON, ACTOR

La feliz pareja se puede al fin relajar.

La pareja que limpia el refugio nupcial, Gustavo y Kaure (interpretados por Sebastião Lemos y Carolina Virguez), sospecha que Edward no es trigo limpio.

A la mañana siguiente, todo brilla alrededor de Bella.

Bella (Stewart) consulta a los Cullen sobre los nuevos acontecimientos mientras Edward (Pattinson) aguarda con ansiedad.

Licántropos

La manada de los quileute: Chaske Spencer como Sam, Alex Meraz como Paul, Bronson Pelletier como Jared, Kiowa Gordon como Embry, Tyson Houseman como Quil, Braydon Jimmie como Collin y Swowo Gabriel como Brady.

«Así es como llamamos a Phil Tippett y su empresa: los licántropos».

SCOTT ATEAH, COORDINADOR DE ESPECIALISTAS

En los libros y en el cine, la manada de lobos de la tribu de los quileute ronda su territorio al tiempo que mantiene un pacto con el clan de los Cullen. En la realidad, los lobos moran en una zona semirresidencial de Berkeley, California, más concretamente en el reino digital de los ordenadores de Tippett Studio. Con estos lobos digitales, el estudio de animación y efectos visuales tuvo la rara posibilidad de evolucionar su obra a través de los films. «En cierto sentido, aprendes cosas de los personajes igual que los actores —apunta Phil Tippett—. Los estás construyendo, encuentras formas nuevas de presentarlos e interpretar su faceta psicológica».

La investigación del Tippett Studio incluía una piel de lobo que había estado presente ya desde la preproducción de *Luna nueva*. Recientemente, la colgaron de la pared del departamento artístico, con su pelaje a capas y sus típicas coloraciones y marcas a modo de recordatorio constante para los artistas de efectos que habían de replicar la realidad. «Lo estamos consiguiendo, pero seguimos lejos de renderizar la cantidad de pelo que posee un animal real, el grueso y particular pelaje de un lobo y la forma en que se apelmaza —piensa el director artístico Nate Fredenburg, desde cuya oficina se tiene una buena perspectiva de la piel de lobo—. Ha sido muy bueno poder evolucionar un personaje; parece extraño. Hemos mantenido el mismo equipo en todos los films. Muy pronto, ya en *Luna nueva,* descubrimos que no hay muchas variaciones que pudiésemos utilizar en los lobos importantes. Teníamos diferencias de escala y proporción, muchas cosas que no se notan en pantalla. Lo que se nota es el color, y en eso nos concentramos: conseguir marcas y colores particulares para cada lobo».

A lo largo de la saga, incluidas las dos partes de *Amanecer,* el lobo de Jacob fue el modelo para hacer los demás. En *Luna nueva,* Tippett comenzó con cuatro lobos, encabezados por la metamorfosis de Jacob. En *Eclipse* ya eran ocho: Sam (el macho alfa), Jacob, Seth, Quil, Leah, Paul, Embry y Jared. Por el camino, los lobos fueron evolucionando conforme a las preferencias estéticas de cada director. «Chris Weitz tenía la idea de los lobos como centinelas, esbeltos y orgullosos, y en ellos ves tales poses —dice Ken Kokka, productor de Tippett—. También los ves con la cabeza baja, en pose esquiva y amenazadora, como prefería David Slade».

«A Bill le parecían bien los lobos tal como estaban —añade Tippett, quien compartía sus labores de supervisión de efectos visuales con Eric Leven—. Su principal preocupación era que le

«De *Luna nueva* nos lanzamos directos a hacer *Eclipse*. Pero entre *Eclipse* y *Amanecer* sí tuvimos tiempo para decirnos: "Muy bien, vamos a rehacer el lobo de Jacob y a mejorarlo"».

KEN KOKKA, PRODUCTOR DE EFECTOS VISUALES, TIPPETT STUDIO

«Para el público, incluso para mí, es genial ver la transformación de Jacob, pero es también algo raro, ya que comienza la película como un adolescente al que le gusta una chica que no puede conseguir, y en el transcurso, se separa de su manada. Se da cuenta de que eso no es lo que debía suceder y tiene que hacerse un hombre y tomar la decisión correcta».

TAYLOR LAUTNER,
ACTOR

Jared, Jacob y Seth.

«Surge el tema del macho alfa con la tribu, los machos que rondan en círculos, y Jacob quiere proteger a Bella de las intenciones de Sam, el alfa. Nos imaginamos cómo hacer el diálogo. ¿Rápido o lento? ¿Qué nivel de intensidad tiene? Además, quién mire a quién marcará la duración del plano y será la base sobre la que construir».

PHIL TIPPETT, SUPERVISOR DE EFECTOS VISUALES, TIPPETT STUDIO

Jacob.

Sam y Jacob se encaran ante la mirada de Leah y Paul.

> «Ésta es la película en que Jacob se convierte en un lobo alfa. Mostraremos un poco ese cambio de guardia, cómo Jacob ejerce su derecho de nacimiento».
>
> **TOM GIBBONS**, SUPERVISOR DE ANIMACIÓN, TIPPETT STUDIO

Sam habla a su manada.

Jacob lucha con Leah.

Jacob y Seth.

Imágenes de los lobos por cortesía de Tippett Studio

> «¡Los lobos son del tamaño de un caballo! Pregunté a Stephenie si podían ser más pequeños, y me dijo: "No, son lo que son, alegóricos y mágicos". Me encanta preguntar cosas a Stephenie [sobre su mitología]. Por ejemplo: "Si los vampiros nadaran en el mar, ¿podrían alimentarse de una ballena o de peces?". Me dijo que estaría dentro de lo posible, ya que se alimentan de sangre. O: "¿Pueden los Vulturis atravesar a nado el océano?". "¡No! Son ricos, irían en jets privados"».
>
> JOHN BRUNO, SUPERVISOR DE EFECTOS VISUALES

parecían demasiado grandes, así que los redujimos un poco, pero no de un modo muy apreciable. Sea cual sea el proyecto en que trabajamos, hemos de ajustarnos al guión. La cuestión para nosotros era que teníamos diez lobos en la primera parte, y dieciséis en la segunda; en términos de gráficos digitales, eso supone horas y horas de renderizado. Se dedicó mucho I+D a repensar los lobos para que parecieran iguales pero se renderizaran más rápido».

El papel de Fredenburg en toda la saga consistió en el *look*. Ha habido saltos tecnológicos en *Luna nueva* y *Eclipse*, pero *Amanecer* sobrepasó sus referencias. «Hemos sido capaces de llevar el trabajo a un tercer estadio evolutivo —explica Fredenburg—. Teníamos que atacar la estética y la eficacia de renderización al tiempo. Finalmente logramos renderizar dieciséis lobos con unos diez millones de pelos cada uno en el mismo tiempo que dedicamos a ocho en el film anterior. Como efecto secundario, creamos algunas herramientas que nos dieron una mejor estética».

> «SE DEDICÓ MUCHO I+D A REPENSAR LOS LOBOS PARA QUE PARECIERAN IGUALES PERO SE RENDERIZARAN MÁS RÁPIDO».

El modelado 3-D de alta resolución incluye «curvas-guía *spline*» que indican a la herramienta de creación del pelaje todo lo que necesita saber sobre este y cómo interpolarlo: dónde colocarlo, su forma, longitud y ángulo. La eficiencia se notó en la fase de iluminación, cuenta Fredenburg. «Las escenas del animador se entregan a nuestros directores técnicos de iluminación, que toman también el trabajo de los ilustradores, añaden iluminación y lo funden con su propia renderización antes de pasar a composición. Todas las mejoras de eficiencia se hicieron realidad cuando comenzaron a iluminar y renderizar. Tardamos menos en calcular el pelo».

Tippett Studio se empezó a «filtrar en la producción» en agosto de 2010, recuerda Kokka. Los supervisores Tippett y Leven no tenían que estar en los estudios de Baton Rouge hasta las Navidades: ya habían pasado varios meses allí trabajando en el croma de una gran escena de la segunda parte. Después se trasladaron a una localización en un bosque a las afueras de Squamish para dos escenas cruciales del primer film: una, la reunión de la manada, que requería mucho diálogo; la otra, la climácica batalla entre lobos y vampiros. El trabajo en exteriores incluía el rodaje de placas para los fondos y la toma de medidas precisas para situar los lobos digitales en el metraje de la acción. El proceso se inició en la fase conceptual del dibujo a mano de *storyboards* y gráficos de computadora en baja resolución. «Fue como una carrera, nosotros previsualizábamos en cuanto ellos comenzaban a rodar», recuerda Kokka.

«Eric [Leven] llamaba desde el set diciendo: "Dennos otra toma, necesitamos tres lobos más" —añade Mike Cavanaugh, supervisor de montaje de Tippett—. Trabajábamos mientras rodaban en Baton Rouge. Con la pelea de los Cullen, solo teníamos un día de ventaja sobre ellos. Pero con la escena 92, ahí sí que marcamos el paso».

La escena 92, también llamada «el almacén de leña», era clave: los lobos se reúnen a escuchar a su líder, Sam (interpretado por Chaske Spencer), anunciarles que Bella está embarazada y que su retoño supone un riesgo para la tribu y no pueden permitir que viva. Jacob desafía a Sam descaradamente, se aparta de la manada y se dirige al hogar de los Cullen, donde colaborará en la protección de Bella. Igual que en las novelas, y por vez primera en los films, los lobos «hablan» telepáticamente. Por mucho que Tippett siempre creara los lobos con el mayor realismo posible (solo que más grandes y con cierta licencia dramática), este era un punto narrativo crucial donde los lobos tenían que interpretar y llevar el peso de toda una escena.

«La escena 92 nos posibilitaba comprometernos con la película —añade Kokka—. Expusimos

Jacob (Lautner) suplica a Bella (Stewart).

que podíamos diseñarla, previsualizarla y guiar el rodaje, lo que ahorraría mucho dinero. Es una suerte contar con un equipo de producción tan dispuesto a comprometerse contigo. Nuestros creativos se sintieron integrados desde el comienzo; más que proveedores, éramos unos artesanos en colaboración con ellos. Al ver la secuencia, dijimos: "Aquí sí aportamos nuestro granito de arena"».

«La primera unidad y la segunda estaban rodando en Canadá al mismo tiempo —cuenta Bruno—. La casa de Charlie estaba a unos 160 kilómetros de la casa de los Cullen, en Squamish. Yo no podía estar en todas partes, así que fue como un "aquí está el *storyboard,* aquí la previsualización: esto es lo que tienen que hacer". De vez en cuando repasaba los *dailies* de todo el mundo, pero Tippett tenía carta blanca para hacer los lobos».

La escena del almacén de leña se inició con el *storyboard* parcial dibujado por los animadores de Tippett Geoff Wheeler y William Elder-Groebe. El siguiente paso fue crear una animática en 3-D de baja resolución para dotar la secuencia de movimiento. «Summit nos dio mucha libertad para probar formas distintas de hacer los lobos —nos dice Cavanaugh—. Algunos *storyboards* parecían de Disney, dibujados para trasladar emotividad al cliente, algo imposible con los lobos realistas. Lo más apasionante de montar la escena fue trabajar con nuestros animadores para hallar la línea entre el comportamiento humano y la antropomorfización de los animales».

Las propias imágenes, muy al estilo de la animática utilizada en la animación clásica, seguían el patrón de las voces de la *scratch track* (una grabación temporal de audio utilizada para trazar la animación y sincronizarla con el diálogo cuando se graba el audio final). Tippett llamaba a sus pregrabaciones «una especie de versión Berkeley Repertory al estilo Tippett Studio» del guión, que se procesaban para lograr un escalofriante efecto telepático. «Utilizamos nuestra *scratch track* para crear el diálogo y la acción, y la desarrollamos con Bill», cuenta Tippett.

> «En el anterior film, hicimos una escena sin diálogo entre Bella y Jacob [en forma de lobo], y resultó divertido. Ahora tenemos una lucha por el poder entre Sam y Jacob, con diálogo, y fue emocionante. Creamos una pista preliminar con el diálogo y después una pre-animación. Mike [Cavanaugh] hizo distintos montajes para ver qué quedaba mejor. Fue valiosísimo contar con ese periodo de preproducción, algo raro en este mundo».
>
> ERIC LEVEN, SUPERVISOR DE EFECTOS VISUALES, TIPPETT STUDIO

Cortesía de Tippett Studio

Charlie (Burke) sabe del disgusto de Jacob, pero son Sue Clearwater (Alex Rice) y Billy Black (Gil Birmingham) quienes de verdad saben qué pasa.

La primera animática se envió a Bill Condon en octubre de 2010, y supuso el punto de partida de la siguiente versión de la pregrabación de audio que Condon dirigió con los actores en los exteriores. Aquello ayudó a Tippett a afinar las tomas conforme a las notas del director y, una vez aprobados los cambios finales, proporcionaba «una plantilla de trabajo para la propia toma —expone Kokka—. Devin Breese, nuestro supervisor, se marchó con Phil y rodó tomas completas de 360 grados en las localizaciones y fotografías del set. Les enviamos nuestra previsualización con los lobos en baja resolución sobre fondo verde de forma que pudieron componerlos, o superponerlos, con las placas de fondo. Así pudieron preparar las tomas muy rápido [en Squamish]. Rodamos la secuencia entera en día y medio».

«Nuestra previsualización no se basaba solo en la actuación y la eficacia, sino en decisiones reales, prácticas, como la posición de la cámara —cuenta Leven—. Cuando llegamos allí, todo era exacto a lo que habíamos preparado en 3-D. Sabíamos con exactitud dónde iría la cámara, todo».

Los exteriores para las placas de fondo eran un campo de tala cerca de Squamish, al sur de donde se rodó la casa de los Cullen y la boda. «Era justo por donde se adentraba el agua del océano —describe Tippett—, como en un fiordo».

Lo que el equipo de Tippett llamaba «el anfiteatro» requería de pilas de troncos que ofreciesen un escenario narrativo y dramático, como los troncos en forma de pódium para el discurso de Sam al grupo. El equipo de Tippett en el

LICANTROPOS

101

Sue Clearwater (Alex Rice) y
Billy Black (Gil Birmingham).

set trabajó con E. J. Foerster y Roger Vernon, director y director de fotografía de la segunda unidad respectivamente, que, según Leven, les dieron unos «apuntes verdaderamente buenos» que buscaban el efecto dramático de rodar en un escenario acotado, como la guarida de un lobo.

«Salí con Roger Vernon y E. J. Foerster a todas las localizaciones para detallarlas —dice Tippett—. Ya contaban con el *ok* de Bill y de Guillermo; ahora teníamos que ver cómo sacarles partido. En lo concerniente a la escena del campo de tala, los elementos de decorado y diseño nos echaron una buena mano. Debíamos preparar aquel anfiteatro, así que Eric creó un set 3-D del campo de tala de modo que él, Roger Vernon y yo tuviéramos las referencias geográficas de la localización. Creamos una disposición virtual de las pilas de troncos y se la pasamos al departamento artístico [principal]. Roger, E. J. y yo imaginamos dónde estaría el sol, cómo serían los fondos y la mejor manera de apuntar la cámara para captar la mejor imagen».

Llegado el día de la «gran movida» de troncos, Tippett pasó por el campo de tala en su hora del almuerzo para supervisar el trabajo. «Pagamos al dueño, que tenía unas máquinas gigantescas con aspecto de monstruos prehistóricos para mover y apilar aquellos troncos tan enormes. El tipo era increíble. Colocaba los troncos de forma específica, y su disposición era semejante al modo en que un pintor dispone su paleta de color para un cuadro. También nos preocupaba mucho la seguridad. Lo que tienes apilado son cilindros de madera que pesan un par de toneladas, unos sobre otros, y se pueden derrumbar si no están bien sujetos».

Por el lado de la animación, Tom Gibbons, supervisor de Tippett, tenía presentes los lobos de tres años de *Saga Crepúsculo*, hasta el punto de verse garabateando lobos en sus notas en los recesos de las reuniones técnicas. «Tiendo a convertirme en un entendido sobre cada criatura en la que trabajo, y en cada film de la saga me topo con alguna información interesante sobre los lobos. En la primera parte de *Amanecer*, la perla más reciente que descubrí es que, hace siglos, las tribus primitivas y sociedades antiguas asociaban los cambios de forma con el lobo. Creían que se podían transformar en otras cosas para acercarse más a los humanos, o que podían infundir a los humanos la capacidad de transformarse.

»Nosotros, como animadores, recurrimos a una enorme gama de material y, conforme se acerca el film, toda esa variedad se reduce hasta lo que se ve en un plano. Hemos de recordar siempre, también, que debe ser dramático, no es un documental. Pero eso no convierte el proceso en algo menos divertido, y llevamos parte de esa información a la toma. El modo en que están escritas las novelas y los guiones de la saga, y la forma de los actores de interpretar los lobos, es lo que hay en una sociedad de lobos».

Un detalle del hogar de los Black.

Los animadores llevaban acumulando conocimiento sobre los lobos desde su primera visita a un refugio de lobos para *Luna nueva*. La lucha de poder entre Sam y Jacob roza el sistema jerárquico en que nacen los lobos, con los machos alfa en lo más alto, seguidos de betas y omegas. «Los alfa tienen su propia conducta, como en el modo en que levantan las orejas, casi nunca las bajan —dice Gibbons—. Los alfa pueden no ser los más grandes de la manada, aunque su pose sí suele ser la más esbelta. Irónicamente, los beta suelen ser más grandes. Paul es nuestro beta, un chico más fuerte, y un lobo de los más grandes.

»Los lobos nacen alfa, beta u omega. Muchas manadas tienen dos alfa o más. Cuando hay más de uno, el segundo actúa como beta hasta que es más fuerte, grande y experto como para ocupar el lugar de alfa. La sociedad de los lobos es tan cerrada que rara vez se expulsa a alguien. Cuando se produce esa sustitución, el alfa de más edad ocupa un papel nuevo en la manada. Es eso lo que vemos que pasa en *Amanecer*, con el conflicto entre Jacob y Sam».

«Introdujimos la idea de las conversaciones telepáticas en el comportamiento de los lobos. Lo difícil era cómo apoyar el diálogo con una actuación interesante. Nos vino muy bien que nuestros animadores lograran añadir pautas de conducta a los lobos, como el comportamiento jerárquico de dominación y sumisión cuando Sam se encara con Jacob».

NATE FREDENBURG, DIRECTOR ARTÍSTICO, TIPPETT STUDIO

El universo de Jacob: Way Beach, en Vancouver Island, hace las veces de La Push. Arriba, desde la izquierda: Alex Meraz como Paul; Taylor Lautner como Jacob; Kiowa Gordon como Embry y Booboo Stewart como Seth; Bronson Pelletier como Jared; Julia Jones como Leah. Abajo, desde la izquierda: Braydon Jimmie como Collin y Swowo Gabriel como Brady; Tinsel Korey como Emily con Chaske Spencer como Sam; Jared y Kim; Paul con Tanaya Beatty como Rachel.

El nacimiento

Kristen Stewart como la futura madre Bella Cullen.

«Me surgieron muchas preguntas acerca de cómo haría la secuencia del parto dado lo gráfica y sangrienta que resulta en el libro. Contarlo desde el punto de vista de Bella nunca me supuso un problema, porque en los libros casi todo se cuenta así, pero algunos fans estaban en contra de que hiciéramos un film para todos los públicos, porque deseaban ver la sangre. Tras años de trabajo en *Dexter*, sé que es mejor no ver, sino sugerir la brutalidad: siempre es más aterradora en tu imaginación. La parte esencial de la escena es el terror de Bella, y el terror de todo el mundo en esa sala, y ahí es donde me centré. La sangre no importa tanto a la hora de transmitir el horror».

MELISSA ROSENBERG, GUIONISTA

Si uno fuera de excursión por los alrededores de Forks y se topara con cierta casa en el bosque, puede que la primera reacción fuera la sorpresa de que hubiera allí una tan grande, medio escondida. Desde la parte de atrás, vería unas escaleras que desde el bosque ascienden a un patio, puertas acristaladas y abiertas a un generoso despacho: el refugio privado del doctor Carlisle Cullen. Es aquí donde una Bella Swan moribunda a causa de su antinatural embarazo sufrirá para dar a luz a su singular hija.

A la hora de crear el guión, Rosenberg tenía dudas acerca del posible primer film, en gran medida basado en la difícil situación de Bella: «¿Cómo haces una película visualmente atractiva sobre alguien que está ahí tirado, muriéndose por un embarazo? Es truculento, deprimente y *estático,* algo que funcionaría en una obra de teatro. Tenía que dar con una forma de hacerla atractiva. Lo resolví con la estructura de la primera parte. El primer acto es la boda; el segundo acto, primera parte, es la luna de miel, y la segunda parte, el embarazo; el tercer acto es el nacimiento. Hay cuatro actos, a treinta páginas de guión cada uno, más o menos. El embarazo supone un cuarto de película, y el parto en sí es muy dinámico. Me di cuenta de que la parte en que Bella pasa

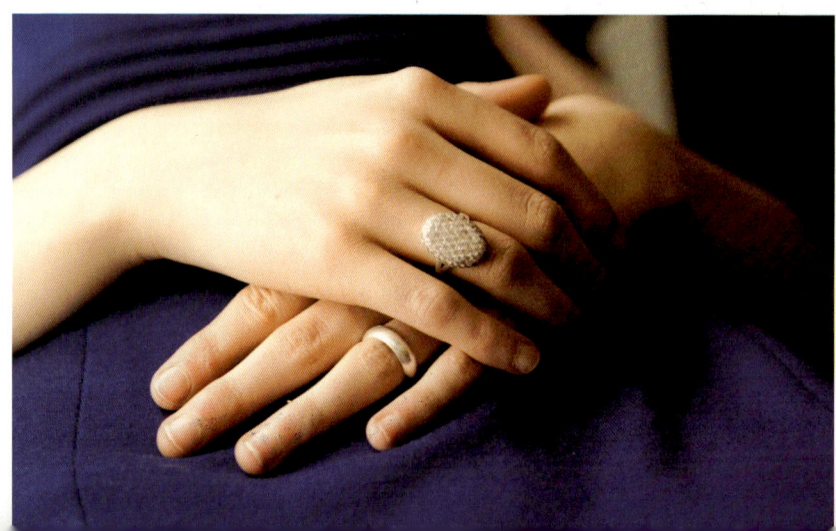

Carlisle (Facinelli) espera con Bella (Stewart).

Abajo, Edward (Pattinson) confiesa a Carlisle (Peter Facinelli) su culpa por su sangriento pasado y sus temores por Bella.

Muchas escena de interior se rodaron en un estudio con croma en las ventanas.

Jacob (Lautner) conserva el calor de Bella.

tumbada su embarazo, moribunda, es significativa, pero no dominante».

El embarazo acelerado de una hija humana/vampiro que niega a Bella los nutrientes y la mata lentamente era otra ecuación que habría de resolverse de forma conjunta, desde el director y el director de fotografía hasta los departamentos artístico, de vestuario, estilismo, maquillaje, efectos especiales y visuales, y de escenografía.

El parto introducía una nueva situación en el entorno Cullen: Jacob, Seth y Leah vienen a guardar vigilia y a proteger a Bella en su difícil momento. «Jacob pasa mucho tiempo en la casa de los Cullen y, ya que no tiene acceso a su propio entorno, suponemos que Esme le ofrece ropa de la familia Cullen —dice Wilkinson—. Tampoco es que quisiéramos que resultara muy marcado, pues si Jacob se paseara con camisas elegantes a lo Edward daría una sensación equivocada. Jacob nunca hallará la paz con el universo de los Cullen. Queríamos mostrar su incomodidad, como un pez fuera del agua».

El parto se rodó en el set de la casa de los Cullen de Baton Rouge en enero, mientras que los instantes posteriores, la irrupción de Sam y su manada para matar a la recién nacida, se rodó en los exteriores del set de la casa de Squamish a finales de abril. La complicada logística hubo de ser prevista durante la preproducción el verano anterior. «Había una multitud de diferentes y complejas metodologías para llevar a cabo el parto, para que

A la izquierda, Edward por fin «oye» al bebé y vuelve a conectar con Bella. Abajo, el pasado de Rosalie hace de ella el mayor apoyo del bebé.

los elementos creativos convencieran —apunta Bannerman—. ¿Qué le pasa al cuerpo de Bella? ¿Cómo se consume tanto como para que el embarazo amenace su vida? ¿Cómo lo haces, o cómo trasladas siquiera la idea del nacimiento de un bebé mitad humano mitad vampiro? Sabes que los fans verán la escena con lupa, y das todo lo que llevas dentro, si me permites el chiste, para que el público se quede en el hecho, no en su ejecución técnica».

Quien ayudó a Kristen Stewart a transformarse así fue John Rosengrant, de Legacy Effects, una empresa nueva que pretende retomar la tradición del difunto Stan Winston, cuyo estudio dio lugar a criaturas de animatrónica y efectos de maquillaje para producciones tan épicas como las sagas Terminator, Predator y Parque jurásico.[9] Rosengrant, con 25 años de experiencia en el Stan Winston Studio y un currículum reciente con Legacy que incluye *Avatar,* cuenta que su campo se dirige de manera creciente hacia «técnicas híbridas», que aúnan lo mecánico y lo digital. Estas técnicas se utilizaron en la secuencia del parto de Bella, donde Legacy aportó maquillaje, prótesis y muñecos retocados digitalmente por Lola Effects. «Para que el aspecto demacrado convenciera, había que crear un *look* coherente con el hecho de que el bebe le fuera quitando la vida —explica Rosengrant—. Todo estaba pensado para pasar desapercibido, ser creíble y hacer que brillara la actuación de Kristen».

> «SABES QUE LOS FANS VERÁN LA ESCENA CON LUPA, Y DAS TODO LO QUE LLEVAS DENTRO, SI ME PERMITES EL CHISTE».

Se creó un muñeco de Bella a tamaño real para simular su poco natural caída.

Stewart con su doble.

El proceso se inició con una muestra de fotos de referencia que Rosengrant ofreció a Bruno, supervisor de efectos visuales. Algunas pruebas iniciales e inquietantes dejaron «alucinados» a los responsables del proyecto, según recuerda Bruno: «Los tranquilicé al contarles que se trataba de un proceso bajo nuestro control, podíamos ir muy lejos o no, según quisiéramos».

Legacy aún estaba en conversaciones para formar parte del proyecto cuando, de repente, recuerda Rosengrant, le dieron el *ok*. Legacy fotografió y escaneó a la actriz, y tomó la información física necesaria para hacer moldes de cara, manos y pies. Lo preocupante era no tener tiempo más que para una prueba de maquillaje. «Había que esculpir las prótesis con sumo cuidado, ya que se integrarían en pleno rostro, y eso puede dañar un cutis tan suave y perfecto como el de Kristen —dice Rosengrant—. Todos los bordes y detalles técnicos habían de ser perfectos para fundirse. Queríamos hacer otra prueba, pero aprendimos tanto con solo una que supimos lo suficiente para dominarlo».

Arjen Tuiten esculpió las prótesis y las aplicó junto con Brian Sipe. Entre las prótesis que mostrarían el deterioro progresivo de Bella se encontraban los pómulos, una porción del pecho con las clavículas marcadas y un vientre dilatado. «Lola Effects podía marcar más [digitalmente] los pómulos bajo la estructura ósea que añadimos nosotros», nos cuenta Rosengrant.

El equipo de efectos creó una calculada progresión de tres etapas en el deterioro de Bella. En la primera, estaba algo delgada, con ostensible pérdida de peso. En la etapa final, Bella alcanza los límites del deterioro físico. «Hicimos una prótesis menos marcada de la clavícula para la primera fase —apunta Rosengrant—. En la última utilizamos una pieza muy demacrada para el pecho y la clavícula; colocamos las prótesis de los pómulos, la clavícula y las manos».

El escaneo corporal se utilizó para fabricar un muñeco de cuerpo completo de la actriz en la tercera fase de deterioro del personaje. «Nunca olvidaré la cara que puso Kristen la primera vez que vio la muñeca —dice Condon—. No hay más que imaginarse la situación de ver tu propio cadáver. Para ella resultó escalofriante».

«El muñeco de cuerpo entero le daba pavor a todo el mundo —recuerda Bruno—. Hay una escena en que [Stewart] se mira al espejo y se ve cómo se le marcan las costillas enteras, la clavícula y los hombros. Lo que hicieron en Lola fue escanear el muñeco y trazar esos datos sobre Kristen para después manipular el cuerpo, reduciéndolo».

El muñeco estaba hecho de silicona sólida, con un esqueleto ajustable de aluminio, y se utilizó también en la escena donde una Bella exhausta se desmaya. «Se supone que el personaje cae de golpe sobre las rodillas, y Rob se lanza para que no se golpee la cabeza —dice Rosengrant—. El desmayo fue una maniobra con muñecos a la antigua usanza. Tenía el peso que había de tener ella, poco más de 35 kilos. Su movimiento era fluido, como una marioneta que en parte soltamos y manejamos al tiempo. Cuando cae sobre las rodillas y después al suelo, el impacto la deja en una especie de postura de muñeca de trapo que habría resultado muy difícil de lograr para una persona de verdad».

Brian Sipe y Arjen Tuiten aplican las prótesis a Kristen Stewart.

El equipo de Lola Effects escaneó a Stewart.

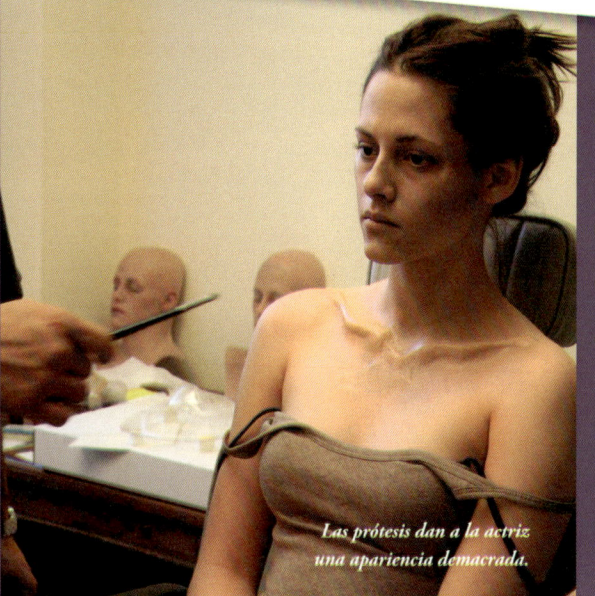

Las prótesis dan a la actriz una apariencia demacrada.

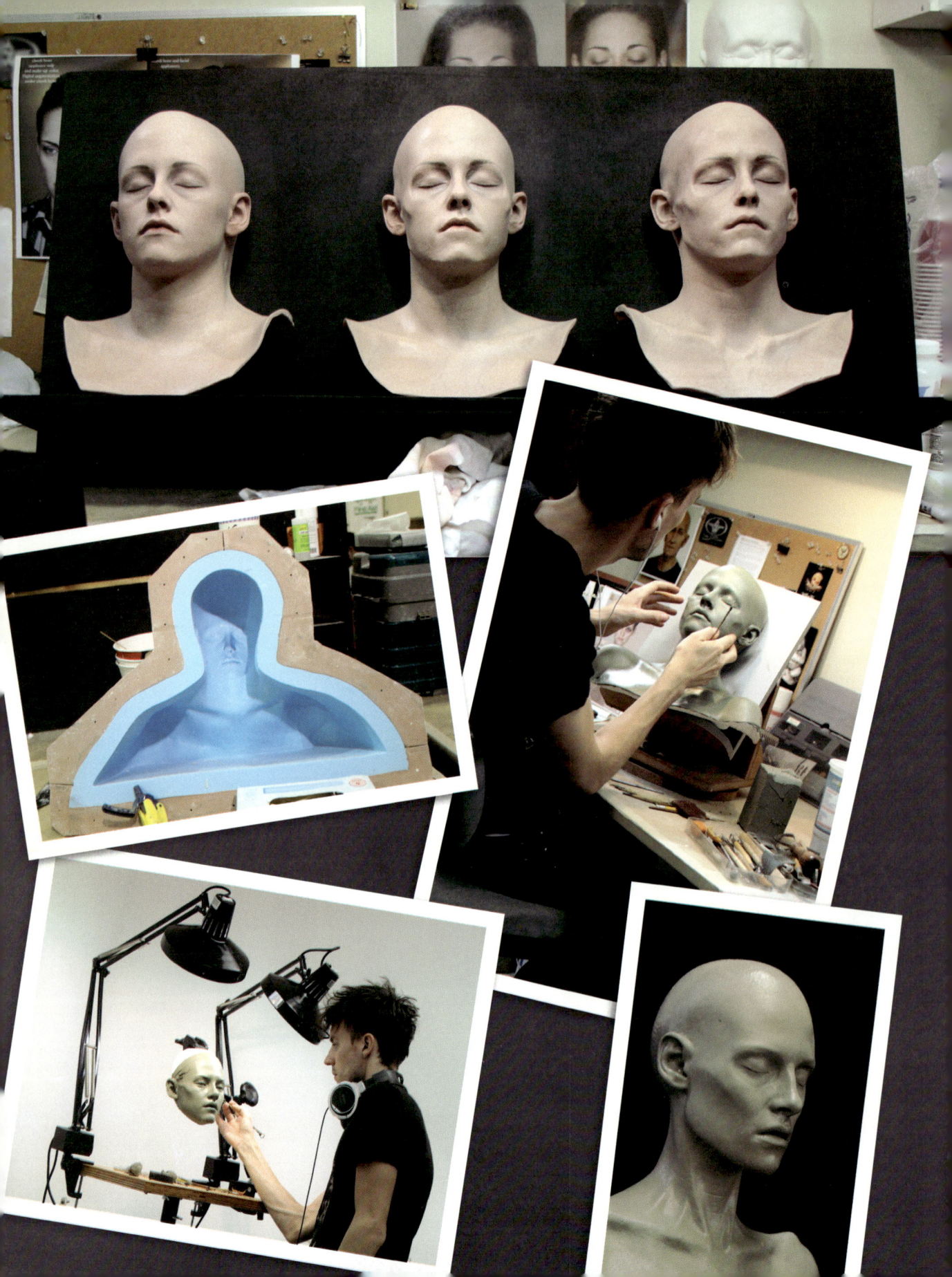

Legacy Effects pasó por muchas fases de pintura y escultura para crear un sustituto muy realista de una Bella moribunda.

Todas las imágenes por cortesía de Legacy Effects

El parto tiene lugar en el estudio de Carlisle. Los planes de preproducción sobre las modificaciones de la casa de los Cullen ya tenían en cuenta que el área principal de la vivienda, el segundo piso, estaba sobre la planta baja y el despacho de Carlisle. «Bill quería contar con ciertas ventajas y ángulos de cámara para crear un parto impactante —dice Bannerman—. Tuvimos que situar la cámara en el techo, apuntando hacia Bella en la mesa de operaciones, para entender su aislamiento y la severidad de su condición física».

«Durante el proceso de escenografía, construimos en el techo un panel desmontable de 13x18 metros —aclara Lorin Flemming—. Un motor anclado a la estructura retiraba el panel; una cámara-grúa se elevaba sobre la cubierta superior y así rodábamos desde arriba. ¡Querer es poder!».

Como en el caso del cuarto de Alice, el estudio de Carlisle era otro de los lugares no vistos hasta ahora en la gigantesca casa levantada por el departamento artístico de Richard Sherman, y su aspecto quedó determinado por la propia casa. «Recordemos que la casa es de madera y cristal, y muy moderna —dice el escenógrafo Schlesinger—. Eso lo tuvimos muy presente, y nos decantamos por un aire moderno, muy limpio. La mesa de reuniones que diseñamos consistía en un armazón forjado con insertos de piedra caliza por tablero, una versión muy moderna de un diseño clásico. Su mesa es de madera, con un remate superior metálico a juego con la mesa de reuniones, dentro de la misma habitación».

Para la transformación del estudio en sala de partos, el equipo de escenografía trajo equipamiento médico real, incluida una máquina de anestesia y una mesa de operaciones de alta tecnología. «Carlisle tiene ese aire de médico rural protector —dice Flemming— y es al tiempo un vampiro poderoso, de cierta edad. Contaría con el mejor instrumental posible para el parto de Bella. Así lo vi yo».

En cuanto a la mesa de operaciones, el equipo se hizo con dos de las cuatro unidades que hay en el mundo. «Es un nuevo modelo de mesa, el último y el mejor —dice Schlesinger—. Es increíblemente adaptable, con ella se puede hacer de todo. La conseguimos a través de una compañía de instrumental sanitario de Atlanta».

Lo que Rosengrant llamó otro «efecto a la antigua usanza» reproducía a Bella tumbada en la mesa de operaciones, dando a luz. Legacy fabricó una mitad inferior del cuerpo con el vientre de embarazada y unas piernas demacradas, como alambres, junto con un duplicado de la mesa de operaciones con un agujero en el centro. «Terminamos la réplica con conexiones torneadas de acero y aluminio que nos permitieron usar el cabecero de la mesa real y los soportes y patas, y combinarlos en su sitio con nuestra mesa. Kristen se introducía por el orificio de nuestra mesa y le adaptábamos la parte inferior demacrada del muñeco. Las piernas falsas fueron manipuladas sutilmente. Tengo que decir que fue la actuación de Kristen lo que dio verdadero realismo al dolor, al sufrimiento del parto».

«No es fácil describirlo, pero me da la sensación de que, para Kristen, situarse en el lugar más vulnerable de algún modo supone propinarse una paliza psicológica —opina Condon—. En la escena del parto, Kristen permaneció en la camilla [en los descansos]. Dejó que todo sucediese a su alrededor. Me pareció interesante, y muy coherente».

«A pesar de las prótesis y efectos visuales, lo que hizo de la escena algo realmente creíble y emocionante fueron las cotas que Kristen alcanzó como actriz. Ahí tenemos su valor, no quiere rendirse, quiere asegurarse de que el bebé nace vivo antes de sacrificar su vida. Es una parte muy intensa y sentida de la película, con Rob y Taylor que están allí por ella, para ofrecer su ayuda».

WYCK GODFREY,
PRODUCTOR

Stewart es maquillada en el set para la escena del parto.

El muñeco que sustituye a una Bella demacrada.

Combate en el bosque

Desde la izquierda: Tyson Houseman como Quil, Kiowa Gordon como Embry, Bronson Pelletier como Jared y Alex Meraz como Paul.

«Los exteriores estaban en un bosque, junto al río, un lugar muy bello de noche».

PENG ZHANG, COORDINADOR DE COMBATES

Ha nacido una niña, y su madre, Bella, al parecer ha fallecido al dar a luz. Pero no hay tiempo para llantos: Sam y su manada de lobos están de camino. «Puedes preparar una toma aérea majestuosa que idealice a los lobos, pero cuando rodaba las placas para la gente de los efectos visuales y los de Tippett, me pareció que la secuencia en que los lobos cargan contra los Cullen para atacar a la niña justificaba un enfoque totalmente distinto —dice Bannerman—. Integré elementos dinámicos para transmitir la amenaza, paisajes que avanzan veloces y una zona rocosa abierta donde se ve a los lobos saltando. Un movimiento rápido de cámara aumenta el peligro en lenguaje cinematográfico, te pone en guardia, lo sube todo un punto».

En el film, Carlisle, Esme y Emmett se arriesgan a salir y alimentarse mientras Edward, Jacob, Alice y Jasper hacen guardia ante el inminente ataque de los lobos. Esa noche salen de las entrañas del bosque, y comienza la batalla en la parte de atrás de la casa de los Cullen. Carlisle y los demás regresan en un momento clave, «como la caballería», dice Ken Kokka.

El combate dramatizado incluía un punto narrativo que aumentaba el peligro del ataque de los lobos: «Bill Condon quería dejar claro que Jasper, Alice y Edward están débiles porque no se han alimentado en un tiempo —añade Leven—. Cuando regresan Emmett, Esme y Carlisle, estos sí pueden hacer movimientos potentes que los otros tres no pueden hacer, así que, durante la primera parte de la batalla, los Cullen están débiles y tienen que estar a la defensiva. Cuando llegan los otros tres, pueden pasar al ataque».

Para Peng Zhang, coordinador adjunto de los combates, la batalla tenía un calendario abrumador: había que lograr ochenta tomas en cinco noches. Pero tras pasar meses encerrado en un estudio de Baton Rouge trabajando en una secuencia importante de la segunda parte, recibió encantado la oportunidad de salir al exterior. Zhang aportaba su propia experiencia como doble, de Jackie Chan por ejemplo

Jacob (Lautner) enseña los dientes.

Jacob se encuentra frente a su antigua manada para proteger a Bella y a los Cullen.

en *Hora punta 3*, y como coordinador en la reciente *Kick-Ass*.

Una de las dificultades de Zhang para diseñar el combate era que uno de los bandos ni siquiera estaba allí: no solo serían digitales los lobos, sino que había que pensar siempre en su tamaño exagerado al coreografiar una pelea dramatizada pero creíble. «Es una película fantástica y difícil de coreografiar —afirma Zhang—. En *X-Men*, puede que un personaje vuele, pero los superpoderes de un vampiro no son tan evidentes. Muchos movimientos de la acción no cuadraban por el tamaño y la velocidad de los lobos, así que comencé con el equipo de Phil Tippett. Hicimos juntos la previsualización de lo rodado y los lobos».

«La pelea se produce en un área reducida, y quería asegurarme de que pasaba de todo al mismo tiempo y que manteníamos la continuidad —nos explica Eric Leven—. La previsualización era una forma de saber, digamos, si Jasper se pelea con Quil aquí, qué es lo que hay detrás de ellos. Trabajé con Peng en la localización, un tipo increíble, sabe mucho de efectos visuales, que es una ayuda. Siempre le daba una vuelta a nuestros diseños originales y las tomas elevadas, como en una donde Jasper se lanza a por Sam por el suelo, y él nos dijo: "¿Y si Jasper da una voltereta hacia atrás y lo agarra con las piernas?". Con él todo era muy colaborativo».

Bill Condon rodó la apertura y el cierre de la escena con la unidad principal, dice Tippett, y Foerster filmó el nudo de la pelea con la segunda unidad. El equipo de coordinación de dobles de Scott Ateah realizó todo el cableado y escenas

Edward, en los bosques que rodean la casa de los Cullen.

arriesgadas planificadas por Zhang. El equipo de Tippett también había realizado una animática aérea, un boceto del plan de batalla para identificar quién estaba dónde en cualquier momento. En última instancia, las animáticas proporcionaban la información de cada toma, que estaban etiquetadas (una se llamaba «Paul muerde a Jasper») y diseñadas de forma que se colocaba una imagen en miniatura del lobo en baja resolución en el metraje real para clarificar la acción, y las propias figuras en 3-D utilizaban un código de color para identificar los personajes concretos. Mike Cavanaugh, montador de Tippett, recuerda que el proceso fue un constante ir y venir: «Les mandábamos la previsualización aérea de la pelea. Eric se la mostraba a Peng, y los dobles rodaban algunas tomas de forma que su metraje se montaba con el nuestro».

«Los dobles fueron muy claros acerca de lo que podían hacer —añade Kokka—. Su metraje rodado pasaba a Eric, que lo montaba en la animática y se lo mostraba a Bill. Pusimos parte en nuestra animática, en otros casos conservamos el metraje de los dobles».

Scott Ateah, con treinta años de experiencia con dobles a sus espaldas, estima que el 95% del combate se consiguió en la fase de planificación. «Los licántropos, o sea, Tippett y su gente, diseñaron su versión de la pelea; nosotros hicimos la nuestra, y en el transcurso de unas semanas acabaron fundidas en una. En la fase de ensayos en Vancouver, organizamos una secuencia con cables y la filmamos, y Peng la editó. La coreografía de Peng se centra en la dramatización y en los personajes. A menos que exista emotividad en una escena de lucha, se trata solo de físico. Queríamos situar a los personajes en peligro y que hubiese un lado emocional.

»Al final, intentamos meternos en la cabeza del director y ofrecerle *su* escena de lucha —añade Ateah—. Mi trabajo como coordinador de dobles es ayudar al director a lograr lo que tiene en mente. Si no se trata de un director de acción, lo que hay es una semilla, y me las tengo que ingeniar para hacerla crecer. Por parte de Bill, todo era mostrar [y comentar]: "¿Qué te parece esto?". Acabamos con una animática del combate que era parte animática, parte guión gráfico y parte el rodaje digital que hicimos en el lugar de ensayo. Acotarlo fue un trabajo arduo, largo. Seguimos retocándolo hasta que todo el mundo quedó contento, aun cuando ya habíamos comenzado a rodar».

Los preparativos incluyeron decidir dónde se colocaría el cableado para «hacer volar» a los actores y sus dobles. «Teníamos un contrafuerte que era casi como un esnórkel —explica Ateah—. Iba unido a una grúa que colábamos por entre los árboles, y tenía un enganche para un cable que podía llegar a los doce o quince metros desde la base de la grúa. Contaba con cinco equipos de tramoyistas y trepadores, que se calzaban crampones y subían a los árboles igual que un operario sube a un poste de teléfono. A otros lugares llegamos con plataformas elevadoras».

La coreografía de los actores principales y sus dobles en la localización contaba con lobos de referencia, desde muñecos de cartón a tamaño real hasta una cabeza de un lobo, verde y enorme, o aquella voluminosa pieza de utilería apodada «la papa». Un equipo de Tippet llevaba estos sustitutos de aquí para allá, y también recopilaba la información imprescindible y los datos de cámara vitales para crear las tomas.

Un «gag» podía ser algo tan simple como un doble saltando de una escalera. La sujeción para volar o tirar de ellos la proporcionaba un chaleco que pasaba sobre los hombros, entre las piernas y envolvía el torso; unas cinchas lo ajustaban con firmeza, y tenía anclajes para el cableado. Para los saltos rápidos y los aterrizajes se usó un arnés tipo «Hong Kong».

> «NUNCA HACEN NADA QUE NO PUEDA HACER UN LOBO REAL; LO HACEN MÁS GRANDE, MÁS FUERTE, MÁS RÁPIDO».

«Yo estaba allí con Bill, rodando el comienzo del combate, mientras Phil estaba fuera con la segunda unidad. Bill lleva de un modo fantástico a los actores. No es de esos directores que se limitan a sentarse tras el muro de monitores, a ver cómo avanza todo y a dar órdenes a voces. Se levanta y va a hablar con los actores, se lleva a alguno aparte, donde nadie los pueda oír, y le da indicaciones en voz baja».

ERIC LEVEN, SUPERVISOR DE EFECTOS VISUALES, TIPPETT STUDIO

A pesar de ser personajes sobrenaturales, tanto vampiros como lobos están basados en la física, aclara Ateah: «Los lobos de Tippett nunca hacen nada que no pueda hacer un lobo real; lo hacen más grande, más fuerte, más rápido. Con los Cullen pasa lo mismo; no desafían la gravedad. Y cada vampiro tiene sus propias habilidades. Alice, por ejemplo, es como una gimnasta capaz de hacer mortales y volar por los aires. Emmett es un fortachón, como un jugador de rugby, así que hace muchos placajes y da empujones. Cada personaje tiene su aire especial, pero quisimos darles unidad. Emmett podría estar aplastando y machacando a alguien, que si se ve en peligro, aparecería Alice al rescate, de forma que la fortaleza de Emmett daría pie a la condición atlética de Alice. Lo importante era dramatizarlo sacando partido de los puntos fuertes y débiles de cada personaje, mantener la fluidez, como una danza, y hacerlo creíble para todo el mundo».

En su coreografía, Zhang supo que su experiencia le ayudaba a valorar qué partes de una secuencia podían hacerlas los actores y cuáles quedarían para los dobles profesionales. «Robert interpretó el 90% de la pelea, algo fantástico ya que quieres ver ahí la cara del actor. No tuvo que volar con cables, todo lo hizo en el suelo».

Preocupaba la posibilidad de que el equipo destinado a la pelea no lograse hacer sus tomas; en un principio se habían destinado siete días para ello, pero se redujeron a cinco. El equipo de Zhang, sin embargo, realizó veinte cortes por noche, según cálculos del propio coordinador, y

Booboo Stewart como Seth y Julia Jones como Leah Clearwater.

Kellan Lutz como Emmett Cullen y Jackson Rathbone como Jasper Hale.

consiguió cumplir con el calendario con cierta holgura. «Estábamos bien preparados: realizamos muchos tests para solucionar las cosas, y lo planificamos con mucha antelación —dice Zhang—. El tiempo también acompañó. No había dejado de llover, pero durante nuestras noches de rodaje, apenas tuvimos tres horas de lluvia».

En la cumbre del combate entre vampiros y lobos, Edward lee los pensamientos de Jacob y ordena detener la lucha. Los lobos no pueden matar a un improntado, y la hija recién nacida de Bella acaba de recibir la impronta de Jacob, esa niña mitad vampiro mitad humana llamada Renesmee Carlie Cullen.

¿Qué es la «impronta»? Como explica la Guía oficial ilustrada de la saga: «Algunos hombres lobo experimentan un fenómeno denominado impronta, que los vincula de forma incondicional a un ser humano del sexo opuesto. […] Sin importar la edad ni condiciones de vida del humano, el licántropo se convierte al instante en lo que el humano desee, hasta perder la propia voluntad. Si el humano es joven, el hombre lobo constituye un perfecto protector y compañero». En la mitología de Meyer, va contra la ley que la manada mate a nadie vinculado a un lobo por su impronta.[10]

«Lo importante para el público es que esto de la impronta no es algo romántico ni sexual, sino que reside en un plano superior de la consciencia —aclara la guionista Rosenberg—. Es importante para comprender que un adulto impronte a un niño. La cuestión era mantener esto de la impronta presente en toda la película,

Taylor Lautner como Jacob Black.

«El apego de Jacob por Bella evoluciona y se resuelve en su impronta sobre Renesmee».

conflicto periférico principal en la primera mitad de la novela, pero su resolución parece suceder más en segundo plano —apunta Rosenberg—. Como yo estaba jugando de un modo tan obvio con el conflicto, aumentándolo incluso, quería que se manifestara en un combate físico y representar su clímax y resolución en la pantalla. Hay varias situaciones que se van preparando a lo largo de la película para suceder al final: el apego de Jacob por Bella evoluciona y se resuelve en su impronta sobre Renesmee, finaliza el arduo camino de Bella hacia convertirse en vampiro, y el conflicto de la manada con Jacob alcanza su clímax y se resuelve. Mi meta era mantener la emoción y el apremio hasta el final».

Y, como siempre, es en el bosque donde estas fuerzas sobrenaturales se desenvuelven, añade Guillermo Navarro. «El bosque está ahí como testigo del drama del ataque de los lobos contra los Cullen, y de tantos intereses entre lobos y vampiros. Es donde Jacob impronta a Renesmee. El bosque se convierte en esa increíble madre protectora de toda la comunidad».

El equipo concluyó la pelea a finales de abril. Para entonces, la primera unidad ya había cerrado el rodaje principal en las Islas Vírgenes, donde hubo que ir en busca de esa última toma que se les había escapado en Brasil.

y explicarlo en términos espirituales de manera que, al final, cuando Jacob impronta a Renesmee, el público entienda que se trata de una conexión espiritual».

El descubrimiento de la impronta ayudó a cerrar varios hilos narrativos, incluido el conflicto clave de la novela, que se extiende a lo largo del film. «La separación de Jacob de la manada tiene mucho peso en el libro, es el

Rosalie (Nikki Reed) sostiene a Renesmee, justo antes de la impronta de Jacob.

Quil (Tyson Houseman) ha improntado a Claire (Sienna Joseph).

COMBATE EN EL BOSQUE

Amanecer

«—Te prometí que lo intentaría —me susurró él, de repente tenso—, pero si... si hago algo mal, si te hago daño, debes decírmelo corriendo.

[...] —No tengas miedo —le susurré—. Somos como una sola persona.

De pronto me abrumó la realidad de mis palabras. Ese momento era tan perfecto, tan auténtico. No dejaba lugar a dudas.

Me rodeó con los brazos, me estrechó contra él y hasta la última de mis terminaciones nerviosas cobró vida propia.

—Para siempre —concluyó él y después nos sumergimos suavemente en el agua profunda».

EDWARD Y BELLA ESTÁN POR FIN JUNTOS EN AMANECER. ESTA FUE LA ÚLTIMA ESCENA ADAPTADA Y FILMADA EN EL RODAJE PRINCIPAL DE TODA LA *SAGA CREPÚSCULO*.[11]

La *Saga Crepúsculo* se puso en marcha para el cine en marzo de 2008 con la directora Catherine Hardwicke al mando de un calendario de rodaje principal de cuarenta y cinco días para la primera adaptación. El rodaje principal, no solo de las dos partes de *Amanecer,* sino de la franquicia entera se cerró el 22 de abril de 2011.

Lo irónico era que, si bien el trabajo de los actores había finalizado, la saga no se completaría hasta el estreno de la segunda parte de *Amanecer,* en noviembre de 2012. Las expectativas se mantienen altas: «Todos los films de la saga han captado la atención del público de todo el mundo —dice Patrick Wachsberger, copresidente y director de Summit Entertainment—. Pensamos que no será distinto con los dos últimos. Aunque la historia se haya iniciado en Norteamérica, los films continúan resonando por todas partes del mundo debido a la universalidad de sus temáticas y la fantasía que representan». Cada film de la saga tenía su temática, y la primera parte de *Amanecer* sería radicalmente distinta del capítulo final. «En *Luna nueva* el motor es el romance; en *Eclipse,* la amenaza y la violencia —concluye Bill Bannerman—. La primera parte de *Amanecer* es muy romántica, y es el punto de partida del enfoque de la segunda».

El film se editó en postproducción para darle su forma final, pero Virginia Katz trabajó el metraje ya desde que se rodó el primer fotograma. «En la edición de los personajes principales, la intención de la escena determinaba mi montaje —aclara Katz—. Por ejemplo, si tenemos a Jacob con su tribu, el ritmo será más vivaz y rápido que en las escenas con Bella, que son más emotivas. Me encantó montar las escenas entre Edward y Bella, porque la tensión es palpable, un anhelo que atraviesa la pantalla. Con Jacob y Bella, la tensión es distinta, inalcanzable y agridulce. Sabía que en la boda era importante meterse en los pensamientos de Bella, sentir su expectación. No solo estaba a punto de casarse, sino también de dejar atrás su vida anterior.

»La luna de miel fue una combinación de ritmos. La ansiedad de Bella iba rápida, divertida, como sus nervios. Cuando cede ante aquello, el montaje se vuelve más lánguido y sensual. En el embarazo, el montaje es más fracturado: Bella, Edward y Jacob combaten cada uno sus propios demonios emocionales, y lo difícil era mantener viva y unida cada historia. Cuando Bella pierde y recupera la consciencia, el montaje es de locos.

»Son todo emociones, lo que sienten los personajes».

El rodaje de *Amanecer* disfrutó de la habitual pasión de los fans en Río, y aquel helicóptero que sobrevoló la boda, pero todo fue tranquilidad y profesionalidad durante el largo periodo de trabajo en Louisiana. «Lo increíble fue que, por el motivo que sea, aquí abajo te dejan tranquilo —cuenta Godfrey—. No hay paparazzis, ni gente esperando en la puerta de la casa de los actores. Disfrutan de una verdadera vida».

La doble producción transcurrió entre dos rachas de mal tiempo, desde la tormenta

Segundo día de rodaje en Brasil.

«CUANDO BELLA PIERDE Y RECUPERA LA CONSCIENCIA, EL MONTAJE ES DE LOCOS».

que sacudió a la primera unidad en Brasil, a las lluvias torrenciales que hicieron de la celebración de la boda algo no muy agradable para el equipo y el reparto.

«Madre mía —suspira Wilkinson al recordar el diluvio durante la celebración—. Todos habíamos rodado antes en Vancouver, así que sabíamos lo que nos esperaba. Estábamos rodando la boda veraniega por excelencia en plena temporada de lluvias. El tiempo fue horrible, pero todos los extras se mantuvieron en un buen humor genial. Vestuario tenía un pequeño ejército listo con mantas calientes. Hicimos que las mujeres se cambiaran las sandalias de tacón alto por botas calientitas».

«Ha sido divertido trabajar en estos films, y para el público debería de ser un maravilloso viaje de asombro y descubrimiento. Por eso nos tomamos siempre tantas molestias por mantenerlo todo en secreto. A nadie le gusta saber cuál es su regalo antes de Navidad, ¿no te parece? Así nos sentimos nosotros con las imágenes que estábamos creando».

MICHAEL WILKINSON, DISEÑADOR DE VESTUARIO

> «Creo que el *casting* lo es todo para cada gran idea llevada al cine. La *Saga Crepúsculo* ha contado con un casting perfecto en el mismo sentido que lo tuvieron *La guerra de las galaxias* y *En busca del arca perdida*. Estos actores tienen carisma, y se funden con sus personajes. Por eso quise participar en este proyecto, uno de esos tan especiales».
>
> JOHN BRUNO, SUPERVISOR DE EFECTOS VISUALES

«¿Qué puedo decir aparte de "que llueva, que llueva…"? —piensa la estilista Rita Parillo—. Hay pocas cosas que puedas hacer con el pelo bajo la lluvia, y la mayoría implican la ayuda de otros departamentos. Primero, si el peinado de una escena no se ha especificado, hacemos un simple que no requiera muchos retoques. Pedíamos una tienda a los de exteriores, no solo como protección de la lluvia, sino con mesa de trabajo, espejos y electricidad para retocar y mantener los peinados durante todo el día. También pedíamos a los ayudantes de producción que cubrieran con paraguas a los actores hasta que las cámaras estaban listas para rodar. Mira, el pelo y el agua no se llevan muy bien a la hora de mantener la continuidad entre toma y toma del rodaje».

Y también estaba el traje de novia. «Bueno, te puedes imaginar la intensidad que rodeaba un traje tan maravilloso —añade Wilkinson—. Suerte que tuviéramos varios, pues no parábamos de cambiar de uno a otro porque, en la mayoría de las escenas, Kristen caminaba sobre una superficie mullida y empapada. ¿Sabes esos anuncios de la tele donde absorben agua con papel de cocina? Pues eso era lo que hacía su maravilloso traje con una cola de más de un metro de largo. Pero me quito el sombrero ante Kristen por haber llevado así todas esas contingencias: una impresionante joven de lo más paciente y trabajadora».

Guillermo Navarro también felicita a Stewart. «Su personaje atraviesa muchos cambios, y no solo fuimos capaces de controlar su aspecto, sino de hacerlo creíble y lamentable cuando tenía que serlo. Alcanzamos un gran nivel de control del espacio en que se encontraba para iluminarla de la mejor forma para ella».

> «VESTUARIO TENÍA UN PEQUEÑO EJÉRCITO LISTO CON MANTAS CALIENTES».

Godfrey recuerda los primeros días de preproducción, cuando el equipo de exteriores se plantó en medio del bosque y se imaginó lo que habría que levantar y todo lo que habría de suceder allí. «No había ni una sola casa en aquel bosque por entonces, así que decidimos hacer la celebración fuera». En los días de lluvia en el rodaje no había opción: «Teníamos que ir a por todas», dice Godfrey.

A pesar de la lluvia durante el rodaje de la celebración, el sol salió para la ceremonia nupcial de Edward y Bella. Había dos parejas notables entre los invitados, o más bien, cuatro cineastas interpretando a dos parejas. Melissa Rosenberg con Bill Bannerman, y Stephenie Meyer con Wyck Godfrey. Y llegaron con un pasado y todo, recuerda Rosenberg: «Bill era un quiropráctico y yo una diseñadora de interiores que le había reformado su

La nota de Carlisle para los Vulturis, que les informa de la transformación de Bella.

oficina. Wyck y Stephenie eran de Forks; él, uno de los ayudantes que habían trabajado con Charlie. Decidieron que estaban pasando por una crisis matrimonial. Todo por diversión».

Rosenberg cuenta que la ceremonia se pospuso varias veces por culpa del clima. «Entonces enganchamos un hueco de buen tiempo y me metí corriendo en un avión. Bill Condon nos situó en la última fila, de modo que cuando llegó Bella y todo el mundo se puso en pie frente a ella, nosotros estábamos justo delante. Hacía frío, pero, incomodidades físicas aparte, fue genial. Nuestro productor artístico hizo un trabajo increíble. El traje de Kristen es maravilloso, se prestó mucha atención a su diseño. Tras todos estos años de seguir a estos personajes, estuvo muy bien poder despedirse así de ellos».

Bannerman recuerda que para Stephenie Meyer fue un gran momento ver cómo Bella se dirigía al altar. «Cuando se encontraron los ojos del personaje y de su creadora, quedó cerrado un largo viaje para ambas. Fue un momento muy emocionante».

«El mismo cine, arte y compromiso con la obra de Stephenie que han llevado consigo las tres primeras películas continúan con las dos últimas entregas de la saga —dice Rob Friedman, copresidente y consejero delegado de Summit Entertainment—. Bill Condon y su equipo dan a los fans lo que estos adoran del último libro, y

> «La mitología vampírica incluye esa noción de que se vive para siempre, pero se paga un precio terrible por ello. Lo interesante de estos vampiros nuestros es que viven para siempre, no matan a gente, encuentran el amor verdadero e incluso tienen hijos, la siguiente generación. La verdad es que lo consiguen todo, la inmortalidad sin pagar un precio».
>
> BILL CONDON, DIRECTOR

también su propia conexión personal con el material. Para nosotros, esta mezcla es una verdadera inspiración y un mérito de los personajes creados por Stephenie y de los que vemos en pantalla, a quienes nuestros actores han ayudado a modelar».

Una vez completadas la boda y la celebración, los cientos de días de rodaje a lo largo de las cinco películas de la *Saga Crepúsculo* llegaron a su final. «A causa de la tormenta en Brasil, no pudimos rodar la escena nocturna en el océano donde Edward y Bella hacen el amor por primera vez —aclara Godfrey—. Salimos de Brasil conscientes de que teníamos que encontrar un sitio donde rodarla. Rodamos nuestra última noche de todo el proyecto en Santo Tomás, en la Islas Vírgenes de los Estados Unidos, la noche del Viernes Santo.

«Nunca he participado en una producción que no te deje o bien un sabor de boca en plan "Gracias a Dios que se ha terminado" o bien la sensación agridulce de no querer que se acabe. La sensación en esta fue de celebración: "Lo conseguimos", y fue difícil no sentirse bien aquel último día en Santo Tomás. La escena final fue la primera vez de Bella. No había presión, todo el mundo estaba contento y relajado, nadando y dando saltos en el agua. Fue genial, como había de ser.

»Rodamos toda la noche; trabajamos hasta el alba. Al terminar, aún estaba oscuro, y al volver en coche al hotel, el sol comenzaba a despuntar sobre el Caribe. Fue como: "¡Eh, mira! Ahí está. El amanecer"».

Aro (Michael Sheen) regresará en la segunda parte.

Bella (Stewart) despierta a su nueva vida.

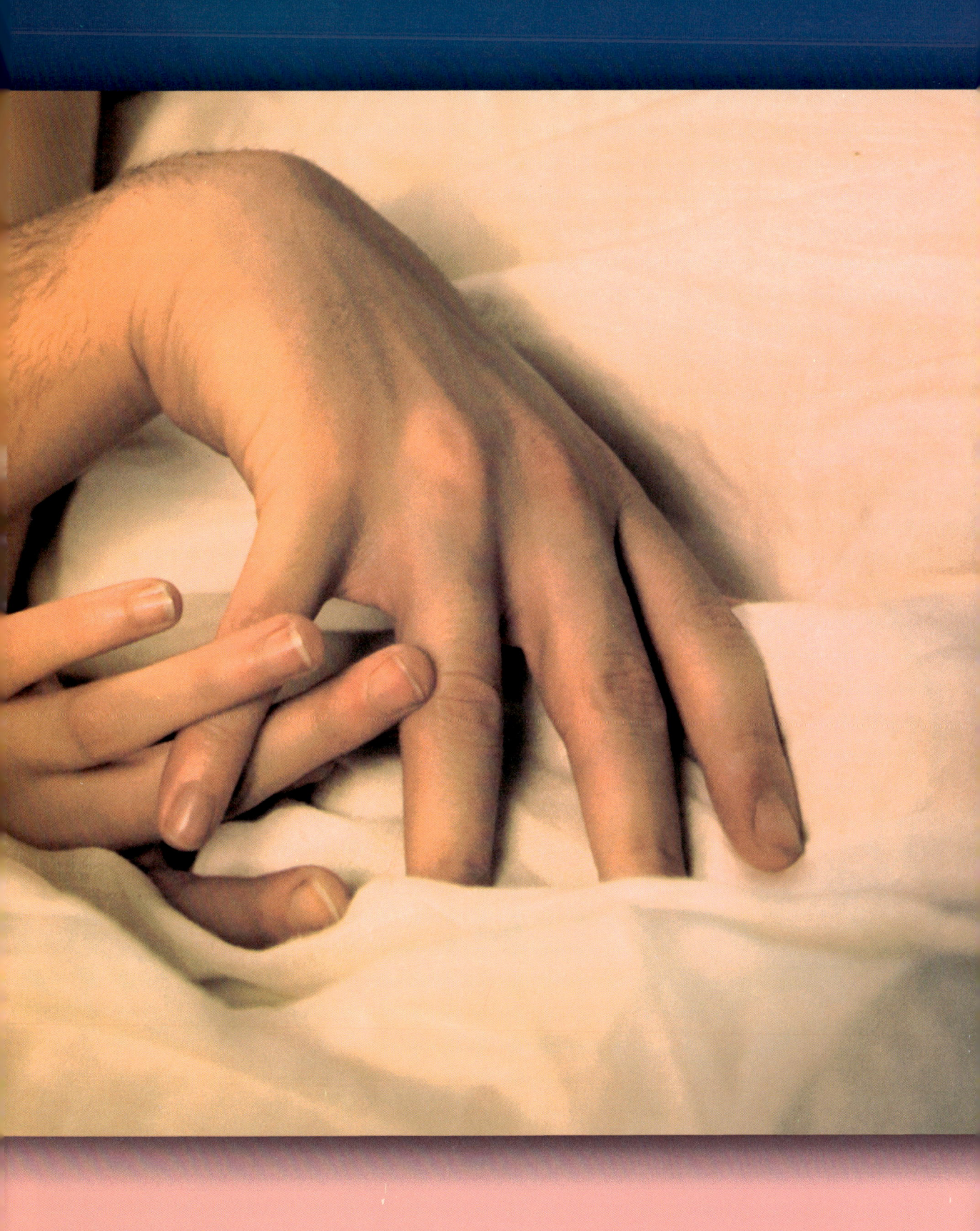

Notas

1: Stephenie Meyer, *Amanecer*. Madrid, Ed. Alfaguara, 2008, p. 33.
2: Stephenie Meyer, *Crepúsculo*. Madrid, Ed. Alfaguara, 2006, p. 32.
3: Mark Cotta Vaz, *Crepúsculo, el libro oficial de la película*. Madrid, Ed. Alfaguara, 2009, p. 16.
4: Ibid., p. 20.
5: La taquilla acumulada mundial, según la web Box Office Mojo, alcanza los 1,900,935,434 dólares. Por películas estaría así: *Crepúsculo* (2008): 392,616,625 dólares; *Luna nueva* (2009): 709,827,462 dólares; *Eclipse* (2010): 698,491,347 dólares.
6: Jody Duncan, «Dark Phoenix Rising», *Cinefex* n.º 106, julio 2006, p. 39.
7: Vaz, *Eclipse, el libro oficial de la película*, pp. 42-43.
8: Meyer, *Amanecer*, p. 34.
9: Rosengrant dirige Legacy con Shane Mahan, Lindsay MacGowan y Alan Scott, veteranos del Stan Winston Studio.
10: Stephenie Meyer, *Saga Crepúsculo: Guía oficial ilustrada*. México, Ed. Alfaguara, 2011, pp. 310-311.
11: Meyer, *Amanecer*, p. 102.

La obra de Stephenie Meyer *Saga Crepúsculo: Guía oficial ilustrada* (México, Ed. Alfaguara, 2011) ha sido una gran fuente de información a la hora de preparar este libro.

Mi agradecimiento especial a Lori Petrini, John Bruno y Cole Taylor por las imágenes adicionales.

Agradecimientos

Son para Little, Brown and Company por solicitarme que redactara esta crónica del último capítulo de la *Saga Crepúsculo*. Una vez más, la editora Erin Stein lo integró todo, y de un modo bien hermoso. Jennifer Smuckler, ayudante ejecutiva de Nancy Kirkpatrick en Summit Entertainment, me ofreció una ayuda de valor incalculable para ponerme en contacto con los cineastas. Mi reconocimiento a todos aquellos que me ayudaron en el camino, incluidos Greg Yolen, ayudante de Bill Condon, y Lori Petrini de Tippett Studio. También felicito a los miembros del equipo, muchos de ellos bajo el hacha de la fecha de entrega de *Amanecer* cuando se prestaron para compartir sus ideas.

Lanzo un hurra al viento por mi familia, por su cariñoso apoyo, y a mi dulce Edris. También por el enriquecimiento de la amistad y el esfuerzo de mi agente, John Silbersack, y su magnífica ayudante, Nicole Robson.

Y a Mike Wigner, el mejor mensajero en bicicleta del mundo. Wig, se acabó: te veo en Vesuvio's.

Sobre el autor

Mark Cotta Vaz es el responsable de las entregas previas de los libros oficiales de las películas de la *Saga Crepúsculo*, número uno de ventas del *New York Times*. Sus títulos sobre cine incluyen *Industrial Light + Magic: Into the Digital Realm*, historia de la segunda década de la afamada compañía de efectos visuales de George Lucas; el galardonado *The Invisible Art: The Legends of Movie Matte Painting*, escrito junto a Craig Barron, miembro del consejo directivo de la Academia y ganador de un Oscar; y *Living Dangerously: The Adventures of Merian C. Cooper*, sobre el creador de King Kong. Esta guía es la decimotercera obra publicada de Vaz.

Cómo se hicieron tus películas favoritas...

Asómate a los rodajes de **Crepúsculo**, **Luna nueva** y **Eclipse** con los únicos libros **oficiales**. Incluyen imágenes y entrevistas exclusivas con productores, maquilladores, estilistas y mucho más. Verás cómo tus novelas favoritas se convierten en superproducciones.

A la venta en librerías y comercios.

Los best-sellers que iniciaron el fenómeno

Y no te pierdas…

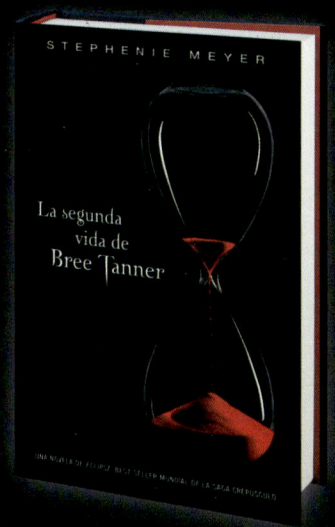
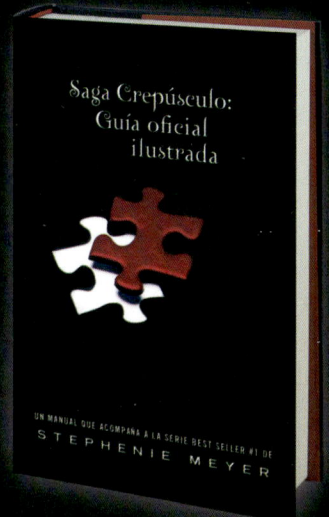

www.TheTwilightSaga.com

Este ejemplar se terminó de imprimir en Diciembre de 2011
En Impresiones en Offset Max, S.A. de C.V.
Catarroja 443 Int. 9 Col. Ma. Esther Zuno de Echeverría
Iztapalapa, C.P. 09860, México, D.F.